全民微阅读系列

唢呐呜咽

SUONA WUYE

吴卫华　著

江西高校出版社
JIANGXI UNIVERSITIES AND COLLEGES PRESS

图书在版编目（CIP）数据

唢呐呜咽 / 吴卫华著 . — 南昌：江西高校出版社，
2017.1 （2021.1 重印）
（全民微阅读系列）
ISBN 978-7-5493-5033-9

Ⅰ. ①唢… Ⅱ. ①吴… Ⅲ. ①小小说－小说集－中国
－当代 Ⅳ. ① I247.82

中国版本图书馆 CIP 数据核字（2017）第 017577 号

出 版 发 行	江西高校出版社
社 址	江西省南昌市洪都北大道 96 号
总编室电话	（0791）88504319
销 售 电 话	（0791）88592590
网 址	www.juacp.com
印 刷	永清县晔盛亚胶印有限公司
经 销	全国新华书店
开 本	700mm×1000mm 1/16
印 张	14
字 数	160 千字
版 次	2017 年 1 月第 1 版 2021 年 1 月第 2 次印刷
书 号	ISBN 978-7-5493-5033-9
定 价	45.00 元

赣版权登字 -07-2017-43

目录

第一辑　情为何物

　　绵亘古今永不衰老的，唯有爱情。爱情是人世间一种最温馨、最浪漫、最热烈、最圣洁的感情，是人类生活永恒的主题，也是文学作品的永恒主题。年仅十六岁的元好问，被一只大雁殉情的事深深感动，他买雁葬于汾水旁，仰天长问："问世间情为何物，只教人生死相许？"这一问惊天地、泣鬼神！

金陵十二钗

　　杨柳青镇的年画高手汪涵，和王府格格兰格儿演绎出一场旷世绝恋：若爱不能说，那么就让我用鲜血给你敷彩，用生命向你表达……

　　天津西的杨柳青镇，画店鳞次栉比，店中画样高悬，各地商客络绎不绝，镇上"家家会点染，户户善丹青"，出产的杨柳青年画，是中国著名的木板年画，在清代的雍正、乾隆至光绪初期，最为风行。

唢呐呜咽

　　光绪初年，杨柳青的"水德盛"画庄，是木板年画行业的后起之秀，画庄的主人汪涵，虽然年轻，却集"勾线、刻板、刷画裱"五艺于一身，尤其擅长仕女题材，如《文姬归汉》、《昭君出塞》、《嫦娥奔月》等，以笔法细腻人物秀丽色彩明艳而著名商客间。

　　那年，汪涵根据《红楼梦》的故事，精心创作了《金陵十二钗》的画稿，并刻出了贾元春的木板，做出画样悬在店中。

　　一天，店里来了一主一仆两个女子，主子打扮的女子气质高雅明媚惊人，一看就是大家闺秀。她们进店后，尤其那主子，在各色画样中，一眼就看中了"贾元春"，立时就要买下，连价也不问："把这《金陵十二钗》的全套给我。"汪涵一见这女子，心中竟然狂跳不止："全套的木板尚未刻出，仅刻出一件试试行情，里面倒有一件上好的，不知小姐有没有兴趣看看？"小姐说："麻烦你拿出来。"汪涵从里面拿出一轴年画，在手中徐徐展开。小姐的眼中放出了异彩，她用葱白样的纤手摸摸纸质，那纸韧软滑腻，画上的贾元春凤冠霞帔仪态万千，敷彩的手法极是繁复，效果明艳到了极致。小姐爱不释手地说："像这样的，我要全套。"汪涵笑笑："这是特制品，仅这纸就难寻觅，本是自家留存的，小姐见爱，只管拿去。"小姐大喜："烦劳如法炮制出十一钗，酬金自会加倍奉上，这是订金。"说着将一小锭金子放到柜台上。汪涵忙问："府上哪里？"小姐粲然一笑："天津和顺府。"汪涵怔住，天津只有一个和顺府，那就是和顺王爷的府邸。

　　木扳年画的特点是半印半画，先用雕刻好的木板在纸上刷印下线条，再手工彩绘。汪涵脑子里全是兰格儿的音容笑貌，刻画到最后，连他自己也不怀疑十一钗除了衣饰的不同外，面部神韵骨内风情全是兰格儿的了。

　　每刻出一件木板，汪涵就刷出一张敷彩。凡是看到他敷彩的伙计，都奇怪他调研出的色彩大不同以前：常用的藤黄里有一种红得近于诡异的颜色，涂在人物的脸上手臂，几乎能看到画中人物肌肤里面血液充盈了。汪涵的脸色却在一天白过一天。

　　每画裱出一钗，兰格儿都会亲自来"水德盛"赏画取画，她好奇地问汪涵："你是怎样敷的彩？画上人物肤色如生，个个吹弹得破似的，别处再看不到这种画法。"汪涵塞搪说："独家秘制。"兰格儿就笑笑："那就是说不能告知外人了？奇怪的是看这些画老让我有种心神不定的感觉。"

　　兰格儿最后一次来取画了，她告诉汪涵两天后就是她的婚期，她只能带走半套《金陵十二钗》做嫁妆了，很觉遗憾。汪涵听后，面色越发虚白。兰格儿走后，汪涵闭门独坐，只发出声"一入侯门深似海"的长叹，一天再无别的言语。

　　兰格儿远嫁湖广总督的儿子潘及元，出嫁那天，迎亲的人马车队极是排场，香车宝马仪仗声乐，这样的排场奢侈，又怎是一般人家能比拟的。万人空巷争看兰格儿出嫁，看得汪涵一阵阵心虚一阵阵绝望。

　　在接下来的日子里，"水德盛"的伙计很快就发觉汪涵有些不对劲了，他老是一副神思远游的样子，连店面也疏于打理了。伙计都不明白他到底怎么了，问也不说。

　　湖广地远，远嫁的兰格儿常怀思乡之情，寂寥郁闷中，常常把玩《金陵十二钗》，那绚丽典雅丰神韵骨神仙似的女子，总让她有种神迷遐思的猜想：能画出这等绝品的人，又有着怎样的一腔情思呢？这样想着，汪涵那虚白的面孔就会在画中隐约浮现。每遇到这种情况，兰格儿都会摇头自嘲："想多了。可惜这《金陵十二钗》

只是半套，等什么时回天津，一定找那人补全，才不遗憾。"

转年春天，草长莺飞季节，兰格儿的思乡之情越发浓郁，每日慵慵倦思，都要闷出病了，潘及元只好让人护送她回天津。

回娘家的第三天，兰格儿就去了"水盛德"画庄，找着汪涵。兰格儿看到汪涵不觉一怔："你怎么这样瘦了？"汪涵看着比以前清减了肌肤的兰格儿，更是意外，意外到连话也说不利索了："我，没事，你怎么回来了？"少妇韵味十足的兰格儿笑笑："想家就回来了。你那半套《金陵十二钗》，老让我心有遗憾，这次想让你把它补全了，才是一完美收藏品。"汪涵说："你喜欢，就是我最大的荣幸。"兰格儿说："我在娘家住的时间有限，不知你半个月内能不能刻画出来？"汪涵苦笑："如果我夜以继日，那么你在回去时就能如愿以偿了。"兰格儿大喜："劳你辛苦，我会奉上三倍的价钱。"汪涵不为所察的惨然微笑："愿为你竭尽全力。"

汪涵果真像他说的那样焚膏续晷夜以继日地工作起来。《金陵十二钗》终于刻全，刷印后该敷彩了。那天，汪涵正在不许闲人进出的画室里调研色彩，兰格儿突然走了进来，想不到会看到这么惊异的一幕：汪涵正一脸痛苦地尽量向外吐伸着舌头，舌上血流如注，舌下接着盛有上好藤黄的大画盂。兰格儿从没见过这样的场面，看得肝都颤了："你，你就是这样秘制色料的？！"

当补全的《金陵十二钗》六画轴交付兰格儿时，兰格儿默默给付汪涵的却是百倍的价钱，然后携画车骑南下回湖广了。

汪涵坦然受金，从容处理后事，他先清理资产遣散伙计，再为自己选址造墓，把从兰格儿那里得到的银子悉数交付兄长，好操执他的丧葬事宜。兄长看他极度虚弱，给他请来医生，医生把诊后摇头说气血亏极已无药可治。兰格儿的车骑尚在路上，汪涵已然病逝。

兰格儿早听老艺人流传，说藤黄性毒人血热盛，两相调和敷于画上，则画上人物肤色如生血脉周涌，再没有别的颜色可及其生动。又传，若作画人意念痴注心有死结，就会气血转移画上，魂魄寄寓其间，与画共存亡。

传　神

穆意亲自把宫叔夜带到帐幕低垂的灵堂，揭开死者面上的白纸，强忍悲痛说："小女前日病故，请先生仔细传一幅两制轴的大影，好灵前供养。"……

明末魏城的民间画师宫叔夜，擅长传神。所谓传神，就是给死人画遗像。

魏城不大，却有一户姓穆的皇亲。穆家有个女孩儿，过了年就要被送进宫里。

那年九月，宫叔夜被穆家请去画围屏。宫叔夜不敢怠慢，拿上颜料和画笔就去了穆家。

宫叔夜被人带进一间屋子，里面已经放置好了一架做工精致的素面围屏。宫叔夜给主家穆意见礼："围屏上画四时花草，还是人物故事？这时节菊花开得正喷，什么满天星、紫袍金带、醉杨妃等，八扇屏，八样垂瓣大菊花，理应好看。"穆意摇头："听说先生擅长工笔人物，我要你在这围屏上，把小女如丝的姿容图影画形下来。"

原来，这穆家的女孩儿极受父母的宠爱，做父母的怕她进宫后难于相见，要赶着在她进宫前，把她平日的举止容态留绘在围屏上，好能日常看到。

穆家的女孩儿叫穆如丝，每天来宫叔夜作画的房间坐半天，摆出姿势让宫叔夜画。她或托腮凝眸，或手执纨扇，或顾盼横波，没有一个神情不让宫叔夜血液暗涌心跳加快。宫叔夜大多时暗中红着脸，甚至不敢正视对面的穆如丝，笔下却五彩纷呈妙韵迭出，画出的人物丰神俊骨钟灵毓秀，穆家上下人等看了，无不叫好。

宫叔夜每天只画一扇围屏，穆意虽然嫌他笔下迟缓，倒很欣赏他慢工出细活的结果。宫叔夜画到第六扇围屏时，穆如丝已经跟他熟识起来。

宫叔夜："听说小姐过了年就要进宫去了？"

穆如丝叹口气："我有个姑姑在宫里做妃子，说过了年要把我带进里面，两个人好有个照应。我不想进去，可我的父母不敢得罪我姑姑，又要图富贵，所以进去的事就定在年后。"

宫叔夜："一进侯门深似海，何况宫里。"

穆如丝莫名烦躁起来，站起来围着画屏和宫叔夜转圈子："进去后，也许我会永难出头寂寞终老。你没有见过我姑姑，她年轻时比我好看多了，却不幸进入佳丽三千的皇宫，连皇上的面都难得见上一次。"

宫叔夜的心，给穆如丝转得凌乱不堪起来。

宫叔夜画完最后一扇围屏，失魂落魄地离开了穆家。

一个月后，穆家的仆人再次找到宫叔夜，要他去穆家传神。

穆家显然和一个月前的景象不同了，到处张布着素缟白纱。穆意亲自把宫叔夜带到帐幕低垂的灵堂，揭开死者面上的白纸，强忍悲痛说："小女前日病故，请先生仔细传一幅两制轴的大影，好灵前供养。"

揭去面纸的穆如丝，颜色不改姿容如生，尤其那红润润的嘴唇，几要启齿说话似的，只是眼睛闭着睫毛交垂。

宫叔夜神思恍乱地瞠视着穆如丝，直到穆意一再催促，才取出画笔调研色料临摹遗容。死者的脸色红润如生，宫叔夜的脸色却惨白得了无生机。

宫叔夜描染出穆如丝的大致形容，在穆意的指点下，又对画像做了一些修改。画中人明眸玉貌神韵毕肖。穆意说："先生赶紧造出大影，出殡时好挂。这十两银子送先生做个辛苦费。"说着让仆人拿银子出来。宫叔夜愣怔得竟无反应。穆意说："先生且收下这银子，还有一事相烦。先生游走街巷进出万户，留意哪家有新近丧殁的青少未婚男子，寻来给小女配结阴婚，事成后另有重谢。"

魏城风俗，未婚男女丧亡，亲人防他（她）不安阴司来阳间作祟，往往要找一适当死者结成阴亲，以安魂魄隔绝阴阳。

宫叔夜恍惚接过银子，失神间脱口问出："像我这样家世模样的，要不要？"穆意仔细打量一番宫叔夜，不禁说："像先生这样才华出众玉树临风的，哪寻去？"说过这话，两人都觉唐突，尤其是穆意，忙致歉："说哪里了，先生韶光无限青春正富啊。"宫叔夜还能笑笑："这样说，倒也不难找到。"

三天后，宫叔夜去穆家送赶造出的两制轴大影。穆意看着衣帽簇新的宫叔夜："我托先生办的事，可有眉目？"宫叔夜说："找到了。"穆意面露喜色："真如先生这样的？"宫叔夜说："也说得过去了。"

唢呐呜咽

穆意就又向宫叔夜致歉："一个死人，我还苛求他什么长相，只要年龄和小女差不太多就行了。那边人家说妥没有？"宫叔夜说："说妥了，出殡时，他们就把人抬来。"

宫叔夜离开穆家时，穆意再三嘱托他："事成后，我将重谢先生。先生千万别误了婚葬时辰。"宫叔夜笑笑："我哪敢误了婚葬时辰，到时自会送来。"

出殡那日，穆家一切准备停当，官员士夫亲友邻朋，来送殡的车马喧阗塞街堵巷。眼看出殡起棺的吉辰已到，却迟迟不见宫叔夜送来婚配的男棺。

就在穆意着急得前张后望，不住声地派人去催时，几个人抬着一具棺材来了。穆意没有看见宫叔夜："宫先生怎么没来？"送棺材的人说："来了，先打开棺材看看吧。"

穆意让人打开棺盖："我当然要看看宫先生找来的人长相如何，啊！宫先生怎么在里面？！"穆意惊骇得脸都变色了。一个抬棺人说："宫先生昨天暴毙，死前自办棺材寿衣，嘱托我们在这个时辰一准送来。"抬棺人又取出一幅宫叔夜的自画像，挂在材头上，"宫先生都给自己传神了。"画上的宫叔夜，白面长身俊逸脱俗。

虽然这事来得太诡异，穆意既不敢也无暇细想，慌里慌张把宫叔夜和穆如丝的棺材，并入龙凤大棺罩，鸣炮出殡。一时鼓乐喧天烟花齐放地起柩移灵了，前面红纱，后面素缟，大队人马迤逦出城，直望效外穴地而去。观看婚葬的人，几乎空了一座魏城。

那年，穆家的"婚葬"，不仅办得盛大荣光满城皆知，更有那叹羡宫叔夜的，说他死得真是时候。

同 穴

大商人和苦命寡妇间的爱情，貌似不能结合的两个人，结局竟会以惨烈的方式同穴，女人的沉静坚毅置生死于度外，让人叹怜……

"无徽不成镇"，意指徽商善于经营，有徽商的地方往往人烟稠密经济发达。

蓝崇和是安徽淮北人，小时家境贫寒，十三岁就在一家商铺里当学徒。掌柜有个女儿叫嫣然，比蓝崇和小一岁，能写会算。蓝崇和在商铺里干些杂活，不外抹桌子扫地搬运货物，谁都可以对他颐指气使，嫣然却喜欢他，教他珠算和识字。蓝崇和求知心盛人又聪明，很快就能将算盘打得啪啪响，一年后连最精于珠算的掌柜也比不上他珠算的速度了。蓝崇和对嫣然心存感激，发下愿心日后若富贵，一定报答她。

人有旦夕祸福，一场天火将商铺烧了个干净，蓝崇和虽然揪心着嫣然，也不得不另谋出路，像那些足迹遍中国的徽商一样，在同乡的带领下，远走他乡做些小本生意。蓝崇和在二十岁时时来运转，因为他眉眼俊朗精明能干，被一富商家的小姐看中。小姐嫁给蓝崇和时带给他一笔丰厚的嫁资，作为他做生意的资本，并与他订下"若富贵，不休妻不纳妾"的契约。

小姐没有看错人。蓝崇和充分发挥他的聪明才智，生意越做越大，经营的项目越来越多：布匹、茶叶、木材等等，苦心经营二十多年，分号开出二十多个，货行天下，蓝崇和的招牌在商界无人不晓，业内称他蓝爷蓝财神。二十多年的商海拼搏，蓝崇和历险不惊暴利不骄，殚精竭虑经营着他的蓝氏集团。在蓝氏集团如日中天时，他却怀旧起来，每每深夜梦回，想起那个叫嫣然的小女子，那个小女子穿一袭月白偏襟大褂，脸上不施粉黛却红润润的宛若盛开的桃花……

蓝崇和在老家大兴土木，盖起一座方圆百里无人能及的蓝宅，然后举家回迁老家。蓝崇和终于又见到了那个让他魂牵梦萦的小女子，这时的嫣然已是一个中年寡妇。原来商铺被于火灾后，掌柜的一夜成了穷光蛋，嫣然后来嫁给一个姓周的小户人家，那姓周的是个短命的，早早就死了。当年腼腆的小女子，历经岁月的艰辛，已经变得沉静坚毅。当蓝崇和带着许多礼物去感谢她当年对自己的帮助时，她对大名鼎鼎的蓝财神的光临，既不意外也不卑迎，只是沉静地笑着说不记得当年的情形了。蓝崇和注意到一个细节：女人的右手一直遮着烧火时被火星溅在衣裤上留下的洞。蓝崇和一阵心酸。蓝崇和走时，女人要他带走东西，说受之有愧。蓝崇和一定要留下，女人无奈地说那就留下吧，家徒四壁，反正她无物回赠。说得蓝崇和又是一阵心酸，仔细看女人，眼角有着好看鱼尾纹的女人说得很从容，绝不是在诉苦。女人身后墙窑里的那盏高脚细腰灯，让穷孩子出身的蓝崇和心生欢喜，恍若回到了从前……

蓝崇和有事没事总往嫣然家跑，嫣然却也不是迎也不是，只能半拒半迎。蓝崇和来的次数多了，嫣然有次终于叹口气说："这半世的清白尽毁你手了。"说着吹灭了墙窑里那盏高脚细腰朦朦胧胧燃着的油灯，那时，天早已经黑了。

没人理解财力雄厚的蓝崇和为什么偏偏喜欢姿色已衰的周寡妇，

就算信守和夫人定的不纳妾的契约，他完全可以到那些烟花柳巷找有姿色的女子去寻欢作乐。蓝崇和和嫣然的事，蓝夫人不聋不瞎，她只要蓝崇和信守不休妻不纳妾的条约，就由蓝崇和胡闹去，可终究难抑心中怒火，而且这怒火越积越盛，虽然不敢怎样蓝崇和，对嫣然却恨之入骨，必欲置之死地而后快。

蓝崇和虽然不怕蓝夫人，却深知蓝夫人情绪一旦失控，什么事都做得出来，所以每次和嫣然幽会后，都要嘱咐嫣然尽量避免和蓝夫人见面。嫣然每次听了蓝崇和的嘱咐，都会淡淡地笑笑说："是祸躲不过，随她怎样吧。"言下之意已将生死置之度外。

合该有事，那日蓝崇和刚走进嫣然的院子，骤觉心中剧疼呼吸困难，眼前一黑栽倒地上。蓝崇和死于心梗，蓝夫人却认定是嫣然害死的。

蓝崇和的暴死，对嫣然是个致命的打击，出殡前夜，数日来神思恍惚的嫣然，眼才交睫，就见蓝崇和一如生前地走来向她说："明天就要阴阳永隔了，你我相好一场，怎忍心不送我一程。"说完向外就走，嫣然拉住他的衣袖大哭："我要和你一同去。"从梦中哭醒，倍觉肝肠寸断。

出殡那天，各家商号纷纷来祭，祭棚一个接一个搭出去足有三里长。送殡的人孝衣如雪，白花花的望不尽首尾。蓝夫人亲自送殡。

棺材入穴，就在填埋时，嫣然突然出现在穴边，一身黑衣，极是显眼，大伙儿都没注意她是怎么来的。蓝夫人一看到嫣然，激惹出了所有的怒火，再也控制不住自己，发疯地跑过去一把将嫣然推落穴中，夺过一把铁锹边向穴中铲土边声嘶力竭地大喊："把她给我活埋了！"先是蓝崇和的儿女动手，接着是蓝崇和的侄辈，一时群情激奋起来，铁锨挥动尘土飞洒。

嫣然跌坐在穴中，并不挣扎着向外爬，反而顶着劈头盖脸的黄土凄厉地大笑："命，都是命啊！"

顷该坟成。一干人做完这件丧失理智的事后，想想坟墓里那个活生生的女人，都心虚地面面相觑起来，一场盛大的葬礼竟以这样的意外收场，都巴不得快点离开这个是非之地，于是葬礼草率结束，众人溃退如败军。

事后，竟也民不告官不究。

老　井

看着老七光着的脊梁润滑健壮，春姨不知动了哪根神经，不因不由地伸手抚摸了一下老七的脊梁。老七一哆嗦，脸唰地就红了，几乎把那一盆水也染红了……

老井很有些年头了，传说是一个被抛弃的女人，走投无路上吊死后，因为丢不下吃奶的孩子，出来哺乳孩子给人发现惊走时，有一滴乳汁滴到了地上，后来有人在乳汁坠处挖井，井水甘洌清爽，熬出的粥又黏又香，寨子里自幼喝老井水长大的女人，个顶个肤色白嫩身材窈窕，男人一个赛一个地壮健。老井因此被寨子里的人视为神井，不洁的女人和男人都不允许去老井里挑水吃，据说他们的水桶一碰井水，井水就不清纯了。老井上有一架腰身已经给井绳勒磨得细细的辘轳，旁边有一棵拧着身子向上长的大柏树。

寨子里除了老井，还有一口又咸又涩的苦井，去苦井里挑水吃的人寥寥无几，春姨和老七是这寥寥无几的人中最显眼的两个。

春姨虽然不是寨子里最美的女人，但只要春姨扭着杨柳细腰，在寨子里走一趟，寨子里的男人就会心痒难耐。这并不是说寨子里民风不古，而是春姨太柔媚了。春姨细眉长眼尖下颏，腮粉嘴红，这样的女人不勾死人才怪。春姨二十岁出嫁，二十五岁死了男人，寨子里的人都说是春姨缠死男人的。

老七是个小泥瓦匠，给人修房起屋时攀上爬下麻利得像个猴子，可一和女人说话就脸红就手脚无措。老七二十一岁那年给春姨家的房子补漏，补完漏下房洗手脸。春姨那年二十四岁，还没死男人，她给老七递毛巾，见老七像只水鸭子没完没了地洗，她就站在老七的背后等。看着老七光着的脊梁润滑健壮，春姨不知动了哪根神经，不因不由地伸手抚摸了一下老七的脊梁。老七一哆嗦，脸唰地就红了，几乎把那一盆水也染红了。春姨怔了一下，两腮洇上胭脂红，勉强向老七笑谑："我是给你拍蚊子呢，你这样脸红，以为我想占你便宜啊。"

春姨的男人死后，寨子里的许多男人别有用心地去帮助春姨，春姨一个也不理睬，唯有爱脸红的小泥瓦匠来了，春姨才笑脸相迎。春姨那张柔媚的脸子，对着小泥瓦匠笑着笑着就洇出了胭脂红。寨子里的男人因此嫉恨小泥瓦匠。一次，寨子里的男人见小泥瓦匠又去了春姨家，就相互招呼了去春姨家捉双，去了只见小泥瓦匠正在屋顶上补漏，春姨在院子里洗衣服。寨子里的男人傻了眼，正要离去，有一个不甘心的男人看见春姨洗的是小泥瓦的衣服，立时就找到了证据，因此，他们不许春姨和老七去老井里挑水吃。

在又咸又涩的苦井里挑水吃的人，多是些住在井边的老弱病残，他们走不了那么远的路去寨子的另一头挑甜水吃，再就是寨子里被大伙公认为不洁的男女，如春姨和小泥瓦匠。小泥瓦匠自己挑苦水吃，到了晚上却偷偷地挑老井的甜水给春姨吃。寨子里的男人见春姨轻易不出来挑水，就疑心，终于发现小泥瓦匠从老井里挑水送给春姨。寨子里的男人大怒了，他们顺着湿漉漉的水迹来到春姨家，指着满满一缸还在微漾着的甜水说："你坏了寨子里的规矩，要按寨子里的规矩办你，带走。"躲在门后的小泥瓦工匠知道按规矩办春姨，就是在寨子里要春姨游街示众受侮辱。小泥瓦匠一下子跳出来，满脸涨得通红地说："是我给春姨挑的水，不关她的事。"寨子里的男人本意就是要惩罚小泥瓦匠，他们把小泥瓦匠带走后打了一顿，并商议第二天将小泥瓦匠赶出寨子。

第二天，寨子里的男人一早去老井里挑水时，发现小泥瓦匠在井边的大柏树上吊死了。小泥瓦匠那板板正正的修长身躯，越发伸长得直展，像尾好看的银鳞鱼挂在鱼钩上。

寨子里的男人看老七吊死对春姨好像没多大影响，只是哭红了一双勾人魂魄的眼睛，就又唾骂春姨寡情薄义。

第三天晚上，装扮得花枝招展的春姨，拽着辘轳上的井绳，唱着歌儿，从从容容地将自己坠到了老井里，却再也没有拽着井绳爬出来。

春姨死在老井里，寨子里的人都不再喝老井里的水。淘井人将老井淘了一遍又一遍，寨子里的人还是说老井里有一股子尸臭味。

有那同情春姨的人说："哪有什么尸臭味，是春姨的悲伤味啊。"

画 祭

众人骇极止步，再看，画室环壁一张飞鸟图：红彤彤的天宇，黑暗暗的远山，上百只飞姿不同颜色怪怪的红天鹅，在翱翔在翩跹……

越越和父亲以卖画为生。每到年关，越越画的年画，总是给人一抢而空。

越越和父亲相依为命，父亲病逝前，给越越找了个帮手强子，强子知道越越的画好卖，一口应承下来。父亲临死抓着越越的手不放，越越泪下如雨。强子明白，便说："一切有我。"父亲遂撒手西去。

越越画传统民俗画：五子登科、鲤鱼跳龙门、百鸟朝凤、吸露蝈蝈……

强子除了经营越越的年画，还尽力照顾越越的生活。越越的画技神速长进。越越的画，强子每每看得发痴：五子活泼可爱，嬉戏喧闹，呼之欲出；红尾鲤鱼腮须皆动，甩尾击水，泼剌有声；群鸟竞鸣，羽翎缤纷，一室恍如鸟的王国；丝瓜架上，吸足了露水的蝈蝈，在七彩的阳光下，背翅摩挲，吱吱的叫声里，裹着秋天特有的气息……

一天，强子忽然跟越越说："让我照顾你一辈子吧。"其时，越越正在画一只延颈高飞的白天鹅，听了这话，停下画笔，意外地瞠视着强子。强子又说了一遍，表情十分真挚。越越仍瞠视着强子。强子就拿过画笔，在白天鹅后面，很拙地画上另一只白天鹅。越越莹然泪坠。

此后，越越画画，就爱画些比翼鸟、双鸳鸯、并蒂莲、连理枝……设色明丽浓艳，造型娇憨和谐。

强子带越越去见父母，他们看越越的目光挑剔而严厉。越越就有些自卑。他们以为越越听不到，扭转身窃语："强子竟把玩笑开到咱们头上了。"越越将泪憋在心里，掉头就走。

强子再去找越越时，越越将两人合画的天鹅图一分为二撕开。强子知道分辩无用，只能说："等我再挣些钱，咱们就远走高飞吧。"越越扭过背去。强子快要哭了，"你要相信我。"

时值夏季，山洪暴发，从河的上游冲来许多原木。强子心想这些原木捞上来就是不少的钱。强子想到要和越越远走高飞，就忘了危险，自恃水性好，纵身跃进滚滚的浊流中。强子拖上来三根原木。强子拖第四根原木时，遇上了黑洞般的大旋涡，旋涡中，第四根原木拦腰狠撞了一下强子，强子顿觉自己成了一根稻草……

越越听了这个噩耗，不哭不泪，痴呆了一天，第二天，便将自己关进了画室。此后，邻人极少见越越露面，偶尔的几次，竟发觉她越来越苍白。

一个月后，越越衣着鲜明地走出了画室。不久，就有惊人的消息传开：哑女越越跳河了！

邻人打开画室，准备清理越越的遗物。门一打开，红光倾泻，声势庞大的鸟群扑面飞来。众人骇极止步，再看，画室环壁一张飞鸟图：红彤彤的天宇，黑暗暗的远山，上百只飞姿不同颜色怪怪的红天鹅，在翱翔在翩跹。

一灵敏者感觉这画的色和味均异寻常，凑近细辨，失声惊呼："血呀！"

唢呐呜咽

随后唢呐声就流畅起来，极似一个重情重义的女人，时而号啕大哭，时而幽咽泣诉，极尽哀婉痛绝之情，直听得众人热泪长流……

秀是乡吹唱团的一名唢呐手。秀的父亲是有名的唢呐王，秀尽得父亲的真传。秀十五岁时，就将一杆唢呐吹的远近闻名；二十岁时，就无可置疑的胜过了父亲。加上秀是女孩子，而且是那种眉清目秀的女孩子，所以不论吹唱团到了哪儿，秀都是观众目光的焦点。唢呐是吹唱团的主打乐器，秀理所当然地成了吹唱团里的骨干演员。

乡下人给过世的父母办丧葬或者周年纪念时，往往请一班吹唱团，以示隆重。秀随着吹唱团穿乡过镇游走在民间，每到一地，开场重头戏都是吹唢呐。单薄瘦弱的秀，站在左右两个捧笙手之间，气定神闲。只听一声亮丽悠长的唢呐声，众人顿觉天澄地静，不由支耳肃听。纯净的唢呐声源源不断绵绵不绝地从秀手中那杆唢呐里流泻出来：哀怨的，如泣如诉；欢悦的，意气飞扬。仿鸟叫，恍如百鸟飞临；摹唱腔，好像真人清唱，运腔吐字，清晰可辨。如果不是亲眼看到，决不相信是秀用唢呐吹出来的。这时的秀已不是秀了，是流溢在空气中无处不在的一曲唢呐声。笙是低音乐器，更衬出了唢呐的高昂华丽。

军是秀的未婚夫，因为喜欢听秀吹唢呐，附近村庄凡是有秀的演奏，只要军知道，必会几里几十里地赶去听，静静地站在台下一个不起眼的位置，痴痴地醉醉地听。秀总会在人群中找出军，即便万头攒动，秀也会准确无误地找出军。找到军后的秀，唢呐就会吹得更加有情有味。有次秀跟军说："干吗这么辛苦跑来听，等我随团再演出一次，咱们就一起去置办结婚的东西，那时有时间了，你想听多久我就给你吹多久。"

秀第二天吹唢呐时，双眼在台下黑压压的人群中寻找军，一遍两遍，秀找不到军。怎么也找不到军的秀，不仅眼光游移不定，连心神也不定了，只觉得心里空落落的，吹出的唢呐声就少了一种神韵。

当秀知道军为了在她吹唢呐时及时赶到，骑摩托车超车发生车祸而惨死时，秀顿觉心里那堵可让她依靠的墙轰地倒塌了。

埋葬军那天，秀独自拎着唢呐去了军家，径入灵堂，视众人若不见，只管呆呆地盯着军的遗像。及出葬，军的父母按乡俗给军请了三个吹手，一个吹唢呐两个捧笙。灵柩出门，无人邀请，秀自己拎着唢呐跑到那三个吹手的前面，顾自吹起唢呐来。众人只听一声悲天恸地的唢呐呜咽，突如其来，令人始料不及。接着稍作停顿，像一个人因为过于悲痛而喉咙哽塞了一下，随后唢呐声就流畅起来，极似一个重情重义的女人，时而号啕大哭，时而幽咽泣诉，极尽哀婉痛绝之情，直听得众人热泪长流。三个吹手开始还跟着秀一起吹，后来就哑了音。秀一路吹到墓地，途中观者如堵。

灵柩入穴，挖土填坟。秀面向坟穴坐于地，唢呐越发吹得肝肠寸断声达数里。坟墓培成，军的亲属散去，唯有秀不肯离开。吹啊吹，也不知吹了多长时间，反正到了血色黄昏时，秀的唢呐吹哑了，再吹不出一个音符。

　　秀离开军的坟墓时，有人见秀的嘴角渗着血，手里没拿唢呐。后来又有人见军的坟上摆着两段唢呐，那是秀一折两段的。

　　此后，秀再也不吹唢呐了。

悬　棺

**　　川人土话，挂岩子就是悬棺于峭壁危崖。土著旧俗，人死后既不土葬也为火化，而是装棺挂在人兽难至又有岩帽遮雨的千仞绝壁……**

　　更生是"后山挂岩子"那伙人中最年轻的。川人土话，挂岩子就是悬棺于峭壁危崖。土著旧俗，人死后既不土葬也为火化，而是装棺挂在人兽难至又有岩帽遮雨的千仞绝壁，或龛放，或楔桩岩壁架置，有并放，有垒迭，有单搁。从山脚下仰望，赫然奇迹，叹为观止。

　　挂岩子是种高空作业的危险活儿，更生以此为业。更生身强力壮四肢灵活，攀爬岩壁仿佛是天生的本能，挂岩子的活儿做得最出色，在后山也最有名气。

　　前山七里坪死了一个女孩子，家里请更生一伙人挂岩子。女孩子叫香儿，十七岁，更生向来认识的。更生常去七里坪挂岩子，给香儿的祖父挂过岩子。香儿家道殷实，是七里坪的富户，所以香儿祖父的棺材特别厚重，整木挖凿的柏木大棺向鹰嘴岩险峻的半山腰吊移时，更生那伙人中有一个人失足摔下山去死了。香儿的棺材也很厚重，香儿的父亲也要将香儿悬在鹰嘴岩，"后山挂岩子"的那伙人就有些迟疑，更生力排众议接下活儿，说最危险的活儿由他做。

尸体入殓铁抓钉钉棺时，亲友围看香儿最后一眼。更生不由也靠近去看，棺内的香儿头上颈下银饰杂陈，越发衬得脸色苍白好看。更生不觉看得发呆，及看到香儿颈下那枚光滑弯长的狗牙饰物时，更生浑身一震，眼就痴了。那枚狗牙原是更生颈下佩戴的饰物，带点黄色，光滑玉润的像弯月牙儿，很是好看。更生给香儿祖父挂岩子的那次，香儿看到了他戴的狗牙，夸了一句，更生就摘下送了香儿。更生和香儿也就授受狗牙一事，此外无枝节。挂岩子总是贱业，更生不敢对香儿奢望别的。

香儿的棺材向鹰嘴岩吊移时，更生一直觉得有种从来没有过的恍惚，他几次履险，都是在别人的惊叫中回过神。香儿的棺材仿佛重逾千斤，更生越来越觉得难以承受，他汗淋淋目昏昏地攀爬着绝壁，真想就此摔下去算了。香儿的棺材终于给挂在了鹰嘴岩半山腰的绝壁上，在岩壁上用红色漆画好香儿家族的微记，更生一伙人就下山了。

下山时，更生一直觉得有什么极重要的东西遗失在了鹰嘴岩的半山腰。待下到山脚下，仰望鹰嘴岩，只见悬崖峭壁间，香儿的棺材凄凉孤零地挂着，更生不由想起香儿平日鲜活可爱的模样，心里又恍惚起来……

不久，山前山后传说更生突然失踪了，此后几十年，山前山后的人再也没有看到更生，再也没有更生的消息，倒是挂岩子的古老旧俗逐渐为人废除不用。

又过了很多年，省考古队在当地政府的大力帮助下，用许许多多的竹竿从山脚下搭起庞大的"凌空厢架"，分别在七星岩、鹰嘴岩等几个悬棺比较集中的地方，共取下十具悬棺清理研究，其中有香儿的。工作人员惊奇地发现香儿的棺盖已给人为地打开，里面有两具相抱并卧的尸骸，这是极罕见的个例。工作人员在清理遗物时，发现男尸上有一块护身符样的小竹片，上刻"更生"二字。

此事传开，那些口头相传更生失踪事的"挂岩子"后裔，都肯定地说："这是'后山挂岩子'的那个更生啊！"

武安旧事

如此厚葬，引得盗墓贼眼红，不久孙怡照的坟就给盗挖开了，里面的陪葬品不仅被洗劫一空，连尸体也不见了。奇怪的是破庙孟广林的棺材也不见了，武安城外却一夜之间多了座高大的无主坟墓……

武安的药材富商孙家，民国初年才在东北做药材生意，想当初孙家弟兄孙道武和孙道文，推着从安国装满药材的独轮车，一路风餐露宿路远迢迢地走了一个多月到东北贩卖药材，没想到两个小贩就此发迹，在东北扎住根基开了店铺，几年下来就赚得内外淌油，成了大药材商。

民国末年，孙道武的女儿孙怡照已长大成人，只待婚配，但孙怡照心性高傲，不肯随意嫁人，要找一个如意可心的才嫁。孙道武常年在东北做生意，家中事往往不能亲自过问，也就由着孙怡照散漫成长。随着日军侵占东北三省，孙家药材铺的生意很快衰败，孙家弟兄就有了撤回老家的打算，但老家更是蒋共不戴天土匪猖狂，像孙家这样的大药材商，若不托庇地方保护，难免会遭到索财惊扰。于是孙道武就由东北回武安给回撤做准备，这期间主要是攀附强权寻求庇护。邯郸的警备司令武大治，听说孙家财厚孙怡照又美貌可人，就让人去孙家给他的儿子武令耀说媒。武令耀是武安城治安队的队长，吃喝嫖赌为恶做歹，无人敢惹，是个臭名昭著的恶少。孙道武为求庇护，不管女儿同意不同意，就和武家结了亲家。

那时，孙怡照正和武安城内的一位年青教书先生两情相悦着。教书先生姓孟，长得修颀俊朗，戴副小圆眼镜。那日，孙怡照上街买东西，在货摊上买好东西转身回走时，和后面的人撞了个满怀，时值深冬，那人穿着件蓝袍，脖子上围着一条洁白的围脖，鼻子上架着副小圆眼镜。那人当即后退两步，向孙怡照歉然笑着说："对不起，撞了你。"孙怡照看着那人，骤然羞红了脸，那一刻她知道自己遇上了意中人，更巧的是那人是孙怡照的弟弟孙怡明的老师，姓孟名广林。孙怡照不用挖空心思谋求和孟广林相见，只需借口去学校看弟弟，就能很容易见到孟广林。

武令耀早知孙怡照的美貌，所以两家一结亲，他就恨不得当下将孙怡照娶到手。孙怡照强烈反共这门亲事，孙道武看百般劝不转女儿的心意，勃然大怒说明："宁做太平犬，不做乱世人，生逢乱世又有这般产业，不依附强势保护，何止财产难全，就是你我性命都是朝不保夕的事。"不再理会孙怡照的反对。

孙怡照决定和孟广林外逃私奔，两人在一个晚上，携带着简单的行李出逃，哪知还没有出城，就给治安队抓住了，被带到武令耀的面前。武令耀对孙怡照和孟广林的事已有所闻，这时一看什么都明白了，派人将孙怡照送回孙家，并捎话说三天后迎亲。第二天，孟广林就被以串通"共党"的名义枪毙了。由于孟广林只身在武安教书，尸身没有亲属收葬，不知什么人将他装在一口薄棺里，停厝在城郊的一座破庙里。

武家给孙家送来了彩礼，金银饰物一应俱有。孙道武要孙怡照看看送来的东西，孙怡照惨然冷笑说："足够下辈子用了。"

迎亲那日，武大治几乎动用了整个武安城的警备人员，给足了孙家脸面。迎亲队伍吹吹打打停在孙家大门外，孙道武急忙去催促孙怡照快点梳妆完好上轿，可屋内久无声息，门又从内闩着。孙道武慌了，叫人撞开屋门，只见孙怡照赫然悬在梁上已无气息了。

喜事变成了丧事，武家大觉晦气，孙家早已号啕起来。武家不承认孙怡照是武家的媳妇，按例孙怡照不能入葬孙家祖茔，孙道武只能将她孤零零地另葬一处。下葬时，孙道武悲从中来，将武家送的彩礼悉数陪葬。如此厚葬，引得盗墓贼眼红，不久孙怡照的坟就给盗挖开了，里面的陪葬品不仅被洗劫一空，连尸体也不见了。奇怪的是破庙孟广林的棺材也不见了，武安城外却一夜之间多了座高大的无主坟墓。

遂有流言说那无主坟墓是孙怡照和孟广林的合葬墓。

看墓人

穷人家的坟墓，往往近于野冢，自不用人看，富家望族的坟墓才找人看，而这看墓人又往往是地位卑贱能力欠缺的同族人……

看墓是种父子相传的职业。约定俗成，如果看墓人死了，他又有儿子，做儿子的对接着看墓没有异议，这儿子就是新一代看墓人了。当然看墓是有报酬的，起码得顾全看墓人衣食无忧，也仅是衣食无忧，落不下余财。穷人家的坟墓，往往近于野冢，自不用人看，富家望族的坟墓才找人看，而这看墓人又往往是地位卑贱能力欠缺的同族人。

民国年间，魏县魏姓是当地名门望族，在县城东有魏家祖茔，占地十数亩，其中坟冢遍布碑石林立，松柏遮天蔽日。边上有看墓人简陋的住房。

魏子厚就是这片坟地的看守人。魏子厚的爷爷和父亲，都是这片坟地的看守人，好像理所当然地，魏子厚继承了这份祖业。但魏子厚的儿子魏存远极是鄙视这份祖业，在他十几岁时就跑到外面混了，先是在天津给人打工当学徒，觉得大志难伸，干脆投靠军阀当兵去了。在他二十多岁时混成了营长，想显摆，于是衣锦还乡。魏子厚反说儿子乱世当兵，是挨枪子的命。族里人倒也高看魏存远，尤其是族里最有身份的魏子皋，对魏存远盛宴款待礼遇有加。

随笔随语

在魏子皋家，魏存远第一次看到了魏子皋的儿媳妇韩聪儿，那是怎样的一个美人啊：雪肤玉肌唇红齿白目横秋波，饶是魏存远这样见过世面的人，见了韩聪儿，还是有种惊为天人的感觉。

自从魏存远见了韩聪儿后，一改多年回家一次的惯例，年年回家，年年去魏子皋府上做客。不知有意还是无意，魏存远每次去魏子皋府上，都能见到韩聪儿，两人或多或少都有说话的机会。

因为魏子皋是当地财主，有一年韩聪儿的丈夫就给土匪绑了票，土匪狮子大张口，魏子皋不舍割财，土匪索财不成一怒之下撕了票，并且将砍下的手足送到了魏家。韩聪儿看到血淋淋的手足，惊厥气闭，死而复苏。可怜韩聪儿年纪轻轻就做了魏家寡妇，并且性情由温婉变得抑郁寡欢。

这时魏存远已当上了团长，也不娶妻成家，再回老家，魏子皋对他越发高看。奇怪的是韩聪儿却避而不见魏存远了，就算勉强见了，也是无话可说，而且矜持得近于自闭，极是疏远魏存远。魏存远还是年年回来去魏子皋府上做客。

如此十年，韩聪儿抑郁而死，葬进魏家祖茔。

有一天，魏存远突然衣衫破旧地回来了，跟人说两支军队火拼，他的团拼掉了，他怕受制裁，就跑回老家来了。

魏存远又成了分文不值的混混，而且没了当年做混混的精气神儿，焉得像根晒干的腌黄瓜。

不久，魏子厚病死了，好像理所当然的事，魏存远继承了祖业，做了他当年最看不起的看墓人。

某日，已显憔悴的魏存远，神色寂寥地站在韩聪儿的坟前，心如死灰地自语："你拒绝了我十年，我却要在这活生生守你一辈子了。"

没人知道魏存远为了这个女人舍去的一切。

兰桥会

这是流传在河北魏县一个真实的爱情故事，在明代就被编书入戏，两人殉情投水处旧称"迴澜双日"，是魏县八景之一……

兰桥，原名迴澜桥，是横跨漳河的一座木桥，位于今魏县城东二里余处，河水流经桥下迴澜东去，水中日影成双，旧有"迴澜双日"的典故，是魏县八景之一。

那时，白亮亮的漳河水分割开柏庄和代固两个小村，两个小村隔河对望，人影互见鸡犬相闻，村民男耕女织过着平静的生活。

代固村没人知道村里叫田瑞莲的长相俊俏不善言语的小女子心里想些什么，就像没人知道那半河怒放的莲花想些什么一样，也没人知道漳河对岸柏庄里那个叫魏魁元的书生，为什么老是失魂落魄地徘徊在兰桥的那头。

谁清楚两个青春鲜活的年轻人相爱的情形呢？温爽的晚风聆听过他们言语，苦腥的青葛牵扯过他们的衣襟，火样燃烧的晚霞映红过他们的脸颊，美丽的兰桥最清楚他们约会的次数，半河怒放的莲花知道他们缠绵的心事，两个年轻人最能感知彼此惊鹿样的心跳……

在天愿作比翼鸟，在地愿为连理枝。情到深处，唉，只羡鸳鸯不羡仙啊。那一个漫天红云的傍晚，刮过《诗经》和唐诗宋词的野风，带着诗人的吟咏，醺醉了两个年轻人的心情，他们相互托付了自己的一生：上邪，我欲与君相知，长命无绝衰。

私情终被窥破，议论弥漫了小村，田瑞莲的父亲，难堪地黑下了一张看惯了桑麻不懂风月的脸子，将自家的鲜花生生掐下给了周兰宽。周兰宽，一个又老又丑的粗俗的男人，呸，他怎配！

伊人已嫁，凋谢了前世今生独为一个人绽放的鲜花。杜鹃啼血，可怜了书生只能沉怒含怨病卧床榻。一个慢慢枯瘦了肌肤憔悴了容颜，一个渐渐消耗了精神磨灭了生望。

"五月端阳节过罢，初六独自回娘家"，愁肠百结的田瑞莲，在回娘家的路上偶遇手提草药的魏魁武，未语泪先下："你哥可好？"魏魁武："他病了，这是我给他买的草药，吃了许多也不见好。"田瑞莲心如刀绞："你看我枯瘦若柴命在旦夕，让你哥明早在兰桥上等我，我见他一面死也瞑目了。"

兰桥上那个从早站到午面色由红转白再由白到了无生色的书生，终忍不住悲怒羞愤："负我也就罢了，怎又忍心辱我！"遂一怒沉河。

可怜的小女子，在娘家侍候病母直到午时才偷闲心慌意乱匆匆赴约，兰桥上哪有让她思断肝肠的情郎，桥桩上倒拦有已死的魏魁元。她不哭反笑："也好，也罢，君已赴死，我何独活。"纵身扑入桥下回旋的激流。

兰桥之下回流之中，他们的精魄如两面明镜，相随紧偎不离不弃。

魏县遂有"迥澜双日"的典故，明代已被编书入戏，传唱至今。

泥 人

　　谁知女子撩开遮住了半张脸的长发，指着自己那半拉让人不忍猝睹的残脸说："只求真实，不要做任何美化处理。"……

　　无锡惠山的泥人驰名中外，制作泥人的材料来自惠山地区水稻田一米以下的乌土，土质细腻纯净，可塑性极佳，那些手工捏制出来的精致泥人，形神兼备眉目如生，具有浓郁的江南乡土气息。

　　惠山多制泥人的高手，大师级的匠人屡见不鲜，江山公就是一位大师，只要一块泥巴在手，闭着眼睛也能捏出你想要的东西，人们无不惊叹他手艺的高超。江山公最为人称道的是他为顾客塑像，顾客只需把相片交给江山公，说好尺寸的大小，江山公就能根据相片捏制出一个形神毕肖又极具艺术性的泥人。

　　一天上午,有个长发遮住了半张脸的年轻女子来找江山公塑像，当她把相片递给江山公时，江山公颇觉意外：前来塑像的人没有不想把自己塑得美一些，起码也会五官端正，可眼前的这张相片里却是一张毁过容的脸，半拉脸有严重的烫伤疤痕，很是丑陋。江山公抬头看看女子，见女子就是相片中的人，心里虽然奇怪，还是礼貌地征询女子的意见："我能不能对这张相片适当作些艺术处理，让塑出的像更美一些？"谁知女子撩开遮住了半张脸的长发，指着自己那半拉让人不忍猝睹的残脸说："只求真实，不要做任何美化处理。"江山公实在忍不住心中的好奇："你为什么偏要塑这样毫不美观的像呢？"女子犹豫了一下，还是说出了原因："我在烫伤前也是个美丽的姑娘。"江山公点点头："这可以从你的半张好脸上看出，而且应该是非常美丽的。"女子扯起嘴角难看地笑笑："我有一个谈了好几年的男朋友，我们相爱很深，可是不久前一场意外的事故让我的脸变成了这样。"说到这儿，女子的声音有些凄伤，"男朋友的家人不愿意他们家唯一的男孩娶一个被严重烫伤的丑八怪，我也觉得再配不上男朋友。可几年的感情让我极难割舍，只好来您这儿塑个像能时时提醒我已经是个丑陋的人，好死心再不奢望和男朋友在一起。"江山公深表同情地叹口气说："两个人真心相爱，是不该只看相貌的。"女子凄然笑笑："可我不想委屈他娶一个丑陋的女人。"

那天下午，江山公又接待了一个年轻的男子，男子也是来塑像的，但他不是为自己塑像，而是为一个女子塑像，相片里的女子很美丽。男子看到那个丑陋女子留下的相片时，惊异地问江山公："她来过这里？"江山公说："一个脸上有很大一片疤痕的女子要我照这相片塑像，如果我没看错的话，你拿来的相片就是那个脸上有疤痕的女子，你为什么也来塑像呢？"男子忧郁地说："她是我的女朋友，你也看到了，她的脸烫伤得很严重，以前她的美丽往往让我引为骄傲，可现在我都不敢看她的脸了，为了抵消现实的残酷，就拿着她以前的相片来塑像，好让我时时看到她的美丽可爱而忽略她现在的丑陋。"江山公问男子："那么你爱不爱她呢？"男子毫不犹豫地说："爱。"

三天后，女子和男子依照江山公说的时间同时来取塑像。江山公拿给他们的却是两个正在接吻的男女，女的半张脸给男的深情接吻遮住了，露出的半张脸上流溢着青春的光彩和幸福的色晕。两个小泥人极其可爱，可爱得谁也不忍把他们分开。

女子和男子看到两个泥人后，眼里都流下了眼泪。他们拿着两个接吻的泥人离去时，江山公看到他们的手紧紧地拉在一起。

满满、雨和葵

乡下年轻男女单纯懵懂的爱情，欲言又止满腹心事，悲剧发生才知内心所爱，可阴阳两隔无法再见，只有企望爱人入梦……

滩是漳河边一个小村，村人喜种葵，但少有人种在院子里，忌讳葵近鬼音，怕招鬼来。

满满十六岁，爱葵，连梦中都见大大圆圆的葵花金灿灿地怒放。雨是村里的一个年轻人，黑且瘦，漳河有水时就摆一只小船渡人，无水则在宽广的河床上给人装沙，一车收费五角，从不多要。雨很内向，不爱说话，只有满满坐他的船或稚气地跟他讨从沙中掘出的各色贝壳时，才显出在他这种年龄应有的勃勃生机。雨常用大小不一的贝壳粘成精美的工艺品送给满满，满满自然欢喜。

日夕，晚霞格外绚烂，驳杂地飞漫了半天。满满想起和雨说好要贝壳学做工艺品，就向村外河床走去。太阳极红地卧在河那头，软白白的河床上长着许多草棵子，枝枝杈杈地在风中颤。满满向雨白天掘沙的地方张望，却见雨坐在岸上一棵老柳弓出地面的根上，于是满满高兴地挥手锐叫："雨，雨，给我贝壳。"雨从岸上跑下，站到满满面前，做出认真的神情："今天我又得到一把好的，可惜你来晚了，我送了别人。"说完，笑，有种骗人的得意溢在他黑亮的眼中。满满自然不信，又从那眼中察出真相，遂用的手搜雨的口袋，并调皮地搔雨的腋窝。雨大笑着跳开："好了，好了，我全给你。"说着从口袋里掏出一大把洁净的贝壳，有几枚掉到沙上。雨弯腰去拾，直身时，满满前额的一缕长发拂在雨面上，痒痒的让雨心跳。雨觉得天边红得要消融一切了，再把持不住自己，手颤得倾洒下贝壳，反去抓住满满的两肩。满满懵懂地吃了一惊，狠力推开雨跑走了。

　　过了一年，满满十七岁，总避着雨走。某天，满满去河那边的外波家，在过河床时，见雨远远地站着向她望，像是很忧愁，不知怎的，满满的心中很恻然。沙粒在阳光下烁烁闪光，满满的眼酸酸的。回来时天已晚了，满满越接近午间走过的河床越是心神不定，及过河见无人时似乎透了一口气，又有些怅然。她低着头自顾想心事，慢慢磨蹭着竟顺了河床走起来，直到有人哑哑地叫"满满"才抬起头，是雨。雨直视着她，她心跳，但又有点得到什么般释然，眼盯了自己的脚尖低声问："有事？"雨沉默。满满等了一会儿，雨仍不开口。满满心慌，看看四下无人，挪脚想走。雨说："有包葵花籽，给你。"他张开手，掌心一小纸包。满满迟疑地看着纸包，又想到了那个傍晚那把贝壳。雨向满满走近一步，满满不由后退一步，惊鹿般的眼让雨看了惨然。雨笑笑，露出一口白牙："这是托人从外面捎的，本地没有。"雨弯腰放纸包于沙上，直起腰很沉静，像海。满满紧抿着嘴。雨落寞地离去。夕阳下，河床上的沙白白地铺到很远。

　　又过了一年，满满十八岁，说亲的踏破了门槛，满满说不清为什么，拒绝了许多人。满满见雨更瘦了，双目沉郁得无一点朝气。雨见了满满只是默默地看，那神态刻在满满的心上，也使满满不敢近他。

秋天，雨泅水淹死在河里。村人叹雨枉自一身好水性。满满听说雨淹死了，许多人在岸边看雨的尸体。满满不信，急跑去看，岸边果然陈着雨。满满捂着嘴从人群中退出，一路眼前晃着雨的尸体。满满躲在无人处的一棵柳树后哭了一回，回到家又偷哭了一回。

春天，满满拿出雨送她的葵花籽撒种在院里。母亲说："不能种在院里，要招鬼的。"满满不听，一手向土中下籽，泪珠也滚落土中许多，心里说："招鬼来才好。"晚上满满睡觉，以为鬼必入梦来，但梦中全是金灿灿怒放的葵花。醒来，满满哭了一回，想葵花怎么就招不来鬼呢！想了许久就安慰自己："许是大葵花开了，鬼才来。"

其实我一直爱着你

大约过了一个钟点，或许更长，于康忽然痛苦地说："其实我一直爱着你。"一瞬时，我竟有种悲从中来的痛感，这种痛感和爱无关，和不爱也无关……

"找死呀！"一辆出租车紧贴着我嘎地停下来，司机从车窗内探出头气急败坏地冲我吼。

　　我对司机的怒斥充耳不闻,对刚才差点命丧车轮下的险情也毫不心惊,我甚至没看一眼司机,只是绕过小车继续横过这条市里车流最大的马路。那边有天桥也有地道,难道我潜意识里想制造一起车祸?我得承认我不想死,也没想过死,我只是目前心智迷乱行为不受控制。

　　我感觉自己像一条涸辙里的小鱼,有谁在乎我呢?和于康兵不血刃却已两败俱伤的冷战,让我深陷在说不清的痛苦中。两人在这大都市里打拼了六七年,房子有了,工作也稳定,却感觉异常疲惫起来,相处时明明心里压抑,却常常无话可说,也不想说,就算说了,也是自说自话,引不起对方反应,也不想引起对方反应。和于康不吵则已,一吵往往几句就能击伤对方软肋点中对方死穴,六七年的夫妻,我们太了解彼此的弱点了。我们不是有心伤害对方,可往往事发突然无法控制。我们真的不想伤害对方,可往往毫不留情地伤害对方。

　　我正横穿的这条马路很宽。我神色漠然地笔直横过,尽管左右的汽车鸣笛声响成一片。忽然,一个人气急败坏地从后面跑过来抓住我的胳膊,死拉活扯地将我快速拖过了马路,这个人是于康,他那气急败坏的神情,比那个差点造成车祸的司机还甚。他将我固定在安全地带,气得脸都有点发紫了:"想横尸马路啊,那样会妨碍交通的。"我狠力挣脱他的手,歇斯底里地大叫:"我愿意,不要你管。"他看看左右,招手叫来一辆出租车,然后把我塞进车内弄回家。

　　我记不清为什么和于康吵起来,好像是因为他一回家就闷声不响什么也不干地看电视。那段时间,我心里说不清什么原因地郁闷烦躁,常有一种豁出什么的危险想法控制不住地冒出来,其实我也不知道要豁出什么。和于康刻薄地吵了几分钟后,我愤恨地甩门出去。

现在于康把我弄回了家,就算于康不追上我,我也会回家,不回家又能去哪儿呢?

我和于康对坐着,谁也不说话,保持着我们惯有的冷战姿态。大约过了一个钟点,或许更长,于康忽然痛苦地说:"其实我一直爱着你。"一瞬时,我竟有种悲从中来的痛感,这种痛感和爱无关,和不爱也无关。

万箭穿心

打坐着的陶冬儿,中箭般上身委顿下去,像个极度佝偻的人,她垂着头,长发披散下来遮住了她的面孔,也遮住了她的凄伤……

陶冬儿想在双休日里好好做回宅女,为此,她星期五就在冰箱里存贮了足够两天吃的食物,打算在那两天窝在家里上上网听听音乐做做瑜伽。

星期六,陶冬儿一觉睡到上午九点,才懒懒地起床,洗漱完毕,又随便做了点吃的。老公在广州工作,半年不回来一次,她很少主动给他打电话,都是他打过来。陶冬儿的生活,怎么看都像是单身一族。陶冬儿打开电脑,音箱里送出低沉的音乐,是她平日爱听的。大概因为吃过饭,摄入的热量和这让人愉悦的音乐相结合,让陶冬儿年轻的身体很快有了充盈的活力。她又做了半个小时的家务,就到十一点了。看看家里窗明几净地板光亮，陶冬儿觉得心情不错，她在地板上铺好平时练瑜伽时用的垫子，穿上为练瑜伽而专买的白色练功服，准备做瑜伽。这种来自印度的柔术，在中国的城市里很流行，据说女人练瑜伽能减肥美容，那些有小资情调的女人很是趋之若鹜。

陶冬儿把音乐换成瑜伽音乐，安逸舒缓的音乐很有禅境佛意。其实陶冬儿一直在刻意听那些能安抚内心躁乱的佛教音乐和瑜伽音乐，她在逃避。

手机放在垫子边上。陶冬儿开始了她的瑜伽，当陶冬儿做到耸臀抬头的动作时，心里突地一颤：为什么这更像是一个乞求的动作呢？思维一岔道，她就习惯性地坠入了迷途，心事一波波袭来，无法遏止，她只好打坐在垫子上，想静下心来。手自作主张地拿起了垫子边上的手机，她不知道拿手机干什么，有一瞬她以为自己要给远在广州的老公打电话，可拨下号才发现那根本不是老公的手机号，而是一串前世今生无法厘清不能遗忘的信息码。在陶冬儿的发怔中，对方的手机通了，有关某个人的信息一下子全释放了出来。陶冬儿紧张得额上渗出了一层细汗，平日她是决不轻易打这个手机号码的。只听对方的手机响了几声，那边就果决地挂断了。陶冬儿顿觉有千万支利箭，向着她的心脏攒射过来。她惨然自嘲：我和他早已劳燕分飞男婚女嫁，双休日本是人家夫妻团聚的日子，我添什么乱？

打坐着的陶冬儿，中箭般上身委顿下去，像个极度佝偻的人，她垂着头，长发披散下来遮住了她的面孔，也遮住了她的凄伤。瑜伽音乐还在安逸舒缓地响着，却已起不到任何安抚的作用了。

第二天下午，有朋友打来电话，说出去喝下午茶。陶冬儿本不想去，可又怕一个人待在家里品尝那万箭穿心的余疼，就出来了。

也就是平日要好的几个姐妹，坐在一起吃吃零食聊聊天。陶冬儿怎么也进不入她们的话题，脸上挂着笑，似在听她们聊，心思却孤魂野鬼般不知在什么地方飘荡。忽然陶冬儿的手机响了，她一看来电显示，心就快速跳了起来，脸色也变了。一个姐妹奇怪地看着她："谁来的电话，这么紧张？"

她心慌意乱地按下接听键，手机里却传出一个陌生人的声音："你是谁？昨天打我的手机有事吗？这是我新近买的号码。"

她实实在在地怔在了那儿，再一次真真切切地感到了那种万箭穿心的难受。

青花瓷

尽管她使出浑身解数黏合着它维护着它，它都那么绝望地向外纵横着裂纹，泛着它清冷的瓷光，宣布着再无修复的可能……

一萍老觉自己的一颗心涣散得收束不住，就像一件布满了裂纹的青花瓷，尽管她使出浑身解数粘合着它维护着它，它都那么绝望地向外纵横着裂纹，泛着它清冷的瓷光，宣布着再无修复的可能。

一萍是那种典雅到让男人不敢亲近的女人，宛如一件做工考究的青花瓷，只能隔着陈列柜观赏，不能拿在手里把玩。做朋友已觉奢侈，哪敢想娶来做老婆。

单位联着局域网，一萍是文秘职员，像单位其他人一样，一萍也有自己的QQ号。单位里那些人有事没事老在网上挂着QQ，逮着谁和谁聊。一萍很少在白天尤其是工作时和人聊天，但结束一天的工作回到独居的家后，一萍首先要做的就是打开电脑，把她的QQ挂起来。

在网上，一萍是个热情如火侠气逼人敢爱敢恨的角色，给人的印象就是一辣妹，不少人喜欢和一萍聊。聊着聊着，就有一个男网友爱上一萍了，死乞白赖着要来看一萍，一萍只好答应。等那个男网友见到一萍后，还没说上几句话，就给一萍典雅的气质吓住了，自惭形秽得落荒而逃，此后连QQ里也不见他了。

其实，一萍也不是百无聊赖才上网和人瞎聊的，她在等一个人加她，那人是她单位的洋。她看上洋，是因为洋那硬朗的外表和满腹的学问，还有洋很有人情味，有居家男人的烟火味，这都让萍发自内心地喜欢，而且越来越喜欢，以致无法自制。

某次，一萍看似不经心地问洋："有QQ号？"

洋说："有。"

一萍就更看似不经心了："我也有，你加我。"

并把她的QQ号给了洋。

洋说："好的。"

接下去的日子，洋一直没有加一萍，一萍想不明白洋为什么不加她。直到有一天，一萍看到洋和一个女子神情亲昵地逛街，才知道洋新近有了女朋友。洋的女朋友相貌平平，但透着居家女人惯有的那种安详柔和的气质。

看到这一幕的萍，只觉心碎，只觉心像一件青花瓷那样自内向外裂开了许多纹路。

一萍不知道，明智的男人是不敢讨青花瓷样的女子做老婆的。

青花瓷是易碎品。

我是谁

当有人叫她名子时,她竟然置若罔闻……她表现出的所有种种,都透着怪异,那神情简直是迷失自我,却又被另一个人附身……

在我们这个大办公室里，几乎没有隐私，看看吧，大男大女十几号人，除了桌椅勉强算作蔽体，就没有什么东西能把人遮蔽起来搞小动作了，所以谁要有点事，大伙儿都眼明得很。

叶姗近来的变化，实在让人觉得莫明其妙，这是有目共睹的。叶姗本来很淑女，一年四季中规中矩地穿着职场行头，人显得矜持而又娴雅，在我们这个经常显得乱哄哄的公共场合，她待人接物有礼有仪，很有大家闺秀的风范。可近来她一反常态，人前人后经常做出让我们不可思议的举动，感觉就像她变了个人，比如她以前不喝茶水，最多喝喝香浓的女士咖啡，现在她桌上经常放一杯冒着袅袅热气的浓严茶水；她在中午下班后人快走完时，会将一双腿叠架着放在桌面上，上身仰靠着椅背，大眼盯着有许多裂纹的灰脏的天花板发怔；她甚至会突然向某个男同事讨要一支烟，人家给了她，她却又醒悟般把烟再还给那人；更有甚者，当有人叫她名子时，她竟然置若罔闻……她表现出的所有种种，都透着怪异，那神情简直是迷失自我，却又被另一个人附身。

　　我们都在暗中研究着叶姗到底怎么了。有人突然想起了一个人，说："叶姗的举止多像钟子离啊。"真是一语道破天机，我们都有种恍然大悟的感觉。

　　钟子离是我们这个大办公室里所有人的一个同事，一个鹤立鸡群的同事，他风度翩翩精明能干，但他一年前已离开我们这个平庸的单位，另谋高就去了。我们几乎忘了他，忘了叶姗和他有过一段恋情。那时，叶姗和钟子离恋爱，两人也不偷偷摸摸，出双入对的反而有些招摇。情人节时，钟子离给叶姗送玫瑰花，老大一束，火焰焰的，把整个办公室都烧红了。钟子离才换单位时还频频给叶姗打电话，但半年后打给叶姗的电话就少而又少了，终至于无。当有人问起钟子离和她到底怎么了时，叶姗平静地说他们掰了，说这话时，叶姗一副波澜不惊安然如素的样子。我们却忍不住骂了一阵钟子离的负心薄情。此后，叶姗的神情让我们觉得越来越像一泓死水了，当事人都没反应，我们这帮旁人很快就将这事丢置脑后了。谁又能想到一年后，叶姗如此变态起来，大概日夜苦思苦想着钟子离，弄得神昏智迷把自己当成了钟子离，言谈举止嗜好尽模仿起了钟子离，反忘了自己是谁。

　　一次叶姗又将双腿叠架着伸到桌面上眼盯着天花板出神，这是钟子离的一个招牌动作，是当时钟子离自傲怀才不遇的一个表现。有人向着叶姗喊了一声："叶姗。"叶姗置若罔闻，依然高架着腿痴盯着天花板出神，那人就冷不丁地又喊了一声："钟子离。"叶姗应声转过头来，并答了一声嗯。那人问叶姗："你到第是谁？"叶姗恍惚地想了一会儿反问那人："我是谁？"当时我们的心就凉了，叶姗真的完了！

　　一天，有个同事过生日，在饭店雅间订了酒饭邀大伙儿下班后过去热闹一番，还没等到下班，办公室里十几号人就过去了。先凉拼再热炒后上汤，大伙儿边喧哗边吃喝，还不忘留神强颜欢笑的叶姗。叶姗菜吃得少，酒却喝了一些。正酒酣耳热时，过生日的那位手机响了，他将手机放到耳边说了两句，又忙忙地用手捂住手机听孔探头问叶姗："钟子离的，祝我生日快乐，你和他说话吗？"叶姗的脸上立时变了颜色，苍白苍白的，惨然而又断然地说："不说。"在座的有人再忍不住，一把拿过手机说："姓钟的，你和叶姗到底怎么回事？她把自己当成了你，都快把自己折磨死了。"手机里死寂寂的，接着响起嘟嘟的挂断音。叶姗的脸色越发苍白了，忽然她的五官痉挛了一下，她手捂胸口急速将身子扭离桌面弯下腰去，大家以为她要吐酒了，只听得哇的一声，仿佛胸口炸开般急剧，她竟吐出一口鲜血来！我们都惊呆了。她大叫一声："钟子离，你好负心啊！"

神秘的手机

　　我又想起了和邓志南最后分手的那一刻：他背向我走了几步，慢慢回过头来，右手划个半弧无力地伸向我，那姿势让我不明白他是想让我拉住他呢，还是他想抓住我……

　　一连几个晚上，我总是梦到同一个手机号，那一排数字异常清晰地印在我脑里，就是白天也挥之不去。我翻遍了通讯录也没找到是谁的手机号。

这个莫名其妙的手机号引起了我极大的兴趣，试着打过去，无人接听。我变换着时间打，无论何时都是无人接听。那嘟嘟的通达声，让我心里一阵阵发慌，老觉得有什么大事会和我有关系。

我开始询问每一个我认识的人，他们都不知道这个号码是谁的。我却深信这个神秘的号码和我极有关系，它就像一根系在我心瓣上的细而坚韧的线，不知何时就会扯疼我的心。

我越来越寝食不安了，常无故地呆想那个说不上什么道理的手机号，常心存侥幸地打过去。对方的手机一直开着，一直没人接听。难道这一切是我脑中的虚妄想象出来的？难道是我过于渴望一段传奇？

后来，在我的不懈努力下，通过一个朋友的朋友，利用在移动公司上班的便利，查出这个神秘号码的主人。当朋友告诉我号码是邓志南的时，我惊奇得眼珠子都要掉出来了：邓志南已经死去一个月了！

我和邓志南曾是恋人关系，当时谈得海誓山盟，可后来不知怎么竟分了手，好像是因为他有了新欢。反正在我们最后几天的相处里，我们总是争吵，各尽所能地指责对方，弄得很是两败俱伤。那天一场大吵后，他静静地说："分手吧。"我冷冷地说："分手，谁稀罕你这中山狼！"分手那天他给我印象最深的，是他肢体的一个潜意识动作：他背向我走了几步，慢慢回过头来，右手划个半弧无力地伸向我。那姿势让我不明白他是想让我拉住他呢，还是他想抓住我。

邓志南死于恶性肿瘤，他病中的情况我一点也不知道，那时我已和他分手，他死后才有朋友告诉我，听了这消息，我很觉伤心。

邓志南和我谈恋爱时，一直没买手机，那么这个手机他是什么时买的呢？我找到邓志南的铁哥们军，军一听我问邓志南买手机的事，眼圈就红了，直言不讳地说："邓志南是因为病才和你分手的，他知道自己不行了，又想你想得厉害，就托我买了一部手机放在枕边，可又不许我告诉你手机号。他每天都呆呆地盯着手机，渴望着你打过来，哪怕只是听听你的声音，我想他也是心满意足的。他死时仍目光直直地盯着手机，要我把手机和他葬在一起，而且手机一定要开着。"

我实在不愿意接受这个故事和我有关系，我的心碎了。我又想起了和邓志南最后分手的那一刻：他背向我走了几步，慢慢回过头来，右手划个半弧无力地伸向我，那姿势让我不明白他是想让我拉住他呢，还是他想抓住我。现在我全明白了，他是想让我拉住他，更想抓住我呀！

鬼　宅

我低头吃饭，耳边听表姐轻言细语地说："慢慢吃哦。"我才要回话，发现表姐是向着桌子上那多出的一碗饭说的。我不由汗毛上竖，恍惚觉得表姐夫就坐在身边……

我从遥远的海南回来，路过表姐所在的小城，想起母亲曾在电话里告诉我表姐夫前时死于车祸，就临时决定去看看小时和我极要好的表姐。

黄昏时我到了表姐家门口，随着我的叩门声，门吱呀开了半扇，表姐出现在门口，很久没见我，骤然相见也没表现出她的惊讶和喜悦。在表姐的身后探出一颗小男孩的圆脑袋，面相极似表姐夫。表姐虽然神情寡淡，却不失礼貌。我理解，对一个向来自控力很强的女人来说，失去丈夫之后，示人的神情也就剩下寡淡了。

表姐家的院子本来是幽静的，但现在触目所见乱竹婆娑花草葳蕤，一派无人管理的芜杂，让人觉得阴森。我在踏进表姐家的院子时，就本能地觉得头皮麻了一下。

吃晚饭时，我发现桌子上多摆了一副碗筷，旁边空着一个座位，表姐把多余的空碗盛得满满的。我低头吃饭，耳边听表姐轻言细语地说："慢慢吃哦。"我才要回话，发现表姐是向着桌子上那多出的一碗饭说的。我不由汗毛上竖，恍惚觉得表姐夫就坐在身边。

表姐的睡房里有张很大的双人床，但表姐在安排我睡时，却寻出一张折叠床临时给我搭铺，那张双人床她也不睡。表姐看出了我的疑惑，轻描淡写地解释说："他走后我就不再睡那床了，让它保持着他在时的原样。"

我发现表姐在竭力保持家里一切物件的原状，她想保留表姐夫在时的生活气息，可那种气息森凉凉的只能让人绝望。

表姐对我一直是那种有礼貌的寡淡，她儿子虽不时流露出调皮好动的天性，但更多的是安静，安静地跟随在妈妈左右，安静地玩，安静地吃饭，甚至安静地对着虚空发呆。这母子的安静寡淡影响了我，我不得不小心翼翼地让自己看起来很肃敬。

我和表姐同居一室，夜晚的月亮将银辉泄进房内，照着那对无声无息睡着的母子，我忽然有种骇异的想法：他们是已经死去的人。

第二天，我在洒满阳光的院子里想帮表姐干些什么。院子中央散乱地放着一些看起来要做什么家具用的木料，旁边还摆着木工用具，那散乱的样子就像刚才还有人在那儿忙碌，忽然给人喊走似的。我想把那散乱的物件归置好。我还没捡起一根木料，表姐就制止我了："别动，那是他准备给儿子打床用的。"表姐的语气好像在说表姐夫一会儿就回来继续工作。

既是在阳光这么充足的白天，我的背上还是刷地凉了一下，我恍惚看见表姐夫忧郁地坐在木料中间，发愁地看着他永远无法完成的工作。

此后，我觉得表姐夫无处不在，我实在不能在这个鬼宅里多待一刻，只能匆匆逃离。

表姐带着她寡淡的神情，礼貌地送我出门，表姐没跨出院子一步，甚至在我还没转过身时，她就轻轻地关上了大门。

院子里关着一个女人和她的死鬼丈夫，一个儿子和他的死鬼爸爸。

金手镯

当爷爷把那副花光了他棺材本钱的金手镯，黄灿灿地拿给春儿时，春儿更觉委屈了，泪水满满地含盈在眼眶里，心里说："爷爷，我哪是只想要一副金手镯啊。"……

开春后一个暖和的上午，春儿和爷爷在河滩上种棉花。河堤上的柳树不知不觉间已经绿了千枝万条，柔柔地在风中悠着。

爷爷刨坑，春儿撒种。春儿站在湿润润的土地上，像一棵吸足了地气和雨水的花苗儿，翠灵灵水嫩嫩的，要多喜人有多喜人。寸发皆白的爷爷看着春儿笑眯了一双老眼说："等堤那边的人家送聘钱过来，你就去县城的金店买副金手镯，我给你看好了一副。"爷爷说到金手镯，眼神就有点散漫，心思迷走在某处走不回来，再说下去就自言自语了，"黄灿灿的金手镯，你奶奶想了一辈子都没有戴上。"春儿知道爷爷又想念奶奶了。爷爷娶奶奶时，许诺给奶奶一副金手镯，因为养家糊口的艰辛，爷爷终究没有兑现他的诺言，奶奶虽然一辈子没开口向爷爷要许给她的金手镯，死时却不肯瞑目。爷爷知道奶奶的心思，弄来一副黄灿灿的铜手镯给奶奶戴在手腕上，奶奶合上双眼时却流下了两行泪水。

堤那边的人家是春儿的婆家，年前经媒人说合，双方做了儿女亲家，说好年后立过春就送聘钱正式缔结婚姻。男家是做生意的，常年在外，不用种几亩薄田。春儿是孤儿，跟爷爷相依为命。爷爷珍爱春儿，性命般看承着春儿。爷爷想自己已经老了，老得就像一片秋后的叶子，不知什么时候就会从枝头飘落下来化作尘埃，所以一心想把春儿托付给一个好人家。

爷爷说到堤那边的人家，春儿不由眼波柔柔地穿过堤上的柳行看向堤那边，春儿只看到堤上那千万条袅袅拂摇着的柳条儿，和湛蓝湛蓝天空上的大朵大朵白云，有几只俊逸的小鸟欢快地鸣叫着掠过春儿的头顶。春儿的心里想着堤那边的人家，手里胡乱丢撒着棉种。爷爷注意到春儿的走神，就要逗逗春儿："棉种不撒在坑窝里，想撒到堤那边去吗？"一句话说得春儿脸上洇出了胭脂红，没话找话地跟爷爷说："昨天我看见三婶从咱门口过去了，赶着几只羊。"爷爷就又往那话上引："想要金手镯了吧？"三婶是春儿的媒人。春儿看爷爷拿她开心，气不得恼不得，干脆闭了嘴不再说话。爷爷见春儿嘟起嘴不再说话，看得有趣，自顾微笑起来。

春儿和爷爷从河滩里回家吃午饭时，三婶来了，一进门就骂河堤那边的人家不仁义，红口白牙定下的婚事说不算就不算了。听得春儿和爷爷透心凉，春儿咬着嘴唇一言不发，外人面前，爷爷强自镇静，说婚姻这事向来命中注定，强求不来的，也是春儿和堤那边的人家没缘分。

下午，春儿跟爷爷再去种棉花，除了不得不说的话，谁也不多说一句，爷俩半晌无话。后来，爷爷再忍不住，粗声向春儿说："不就是一副金手镯嘛，爷爷还给你买得起。"春儿委屈得流下眼泪，这越发坚定了爷爷要给春儿买金手镯的决心。

第二天，爷爷去了一趟县城，给春儿买回来一副货真价实的金手镯。当爷爷把那副花光了他棺材本钱的金手镯，黄灿灿地拿给春儿时，春儿更觉委屈了，泪水满满地含盈在眼眶里，心里说："爷爷，我哪是只想要一副金手镯啊。"

堤

这时，一颗红日从东方血汪汪的云气中冒出来，照得少女小水的面孔绯红，连鱼鹰伯伯那张多皱的老脸也如微醺之后的春色……

晨雾差不多散去了，仅存在于那条河面上的是几缕雾的魂影儿，轻轻向远方流去。

小水坐在护堤人鱼鹰伯伯房前的木墩上，帮鱼鹰伯伯向面前的低桌上摆水果。她每天都从自家水果店里给鱼鹰伯伯这儿送水果。荫庇着他们的老桐树时不时飘下一片明黄的大桐叶，落地时那轻微的一声"嚓沙"，好像在细声地说："秋凉了。"

"小水，我昨晚看见鬼了，就在那条河边。"鱼鹰伯伯眯着眼望前面那条白亮亮的落花河，半真半假地说。

小水大白天听这种话，心里自然不信。昨天早上她听鱼鹰伯伯说皮狐子怎么戴顶破帽子蹲在马路边，像个人似的冲他作揖，问他："老兄，你说我是个人吗？"他若一时眼花说是个人，那家伙就得道成仙去了；他若说不是，那家伙多少年辛辛苦苦功近垂成只待一句话的修行从此就屁了。那晚，他恰值感冒，开口打了个老大喷嚏，皮狐子惊得一溜烟顺堤窜了，破帽子也滚在了堤下。

小水想到这，笑："可能是皮狐子怪你不肯成全它，故意变了鬼来吓你。"

"噫，你不信？你小姑娘什么也不曾遇过，等哪晚真遇上了人脚獾，它提着前腿用后腿一挪一挪地走路，到你面前给你作揖，你才信。那时蓝幽幽的天上就半轮黄亮亮的月，四下又没人，你怕不怕？"

鱼鹰伯伯回过脸，朝小水合手作揖，仿佛就是只被乡下人传说半夜爱逗小孩子笑的人脚獾。

小水觉得有种气氛在压紧身上的毛孔："鱼鹰伯伯，谁不知道你最会打哈哈，不要往我身上扯，还是说那个鬼吧。"

唢呐呜咽

鱼鹰伯伯得意地又眯上眼："昨晚我去河边安置捕鱼的竹笼，刚蹲在河边一个低洼处，就过来一个女人，那时天上星子亮晶晶的，她在离我稍远的河边站着。我想黑灯瞎火的，女人家来河边干啥？我突然想到了水鬼，都说水鬼每到晚上就出来诱人落水。"

这时，一颗红日从东方血汪汪的云气中冒出来，照得少女小水的面孔绯红，连鱼鹰伯伯那张多皱的老脸也如微醺之后的春色。

一个三十多岁背着画夹的男子沿着小路走到了堤上。鱼鹰伯伯站起，脸上的笑近似讨好："城里的大画家来了。"年轻人谦逊地笑笑："叔，你又笑话我了。"鱼鹰伯伯听城里有名的画家称他叔，心里高兴："你小时流鼻涕的样子我还记得清楚，大了，这么有出息了。"他看画家瞧小水，又说，"这是志壮家的丫头，小水。"画家一脸温和："见过几次，小姑娘出落得很漂亮啊。"小水本来注视着画家，听了这赞美，一时脸红得只有屏声静气低头去看自己的脚尖了。鱼鹰伯伯给小水介绍画家："小水，人家可是城里有名气的画家，专画咱们乡下的咩咩羊。"

小水心里说："我早晓得了。"

鱼鹰伯伯故意要小水害羞，顺了画家刚才的赞美说："小水可是咱们村的人尖子，到了婆家，是那家三世修来的福气。"

画家不经意地问："婆家哪里人？"

小水急得脸更红了，为自己争辩似的在心里答画家："鱼鹰伯伯一大把年纪了还瞎说。"

鱼鹰伯伯随口打哈哈："洼里东滩人，就是那个种一小盆收一大盆的地方。"

画家自然明白这是说笑话，洼里东滩地薄，没女子愿意去那儿安家落户。

小水一直到发觉又多了个人时才抬起头，多了个身材窈窕眉眼俊气的女人：月月。月月买鱼鹰伯伯的水果，眼睛却总瞟画家，汪汪的两潭水中有种近似如慕如怨的东西。画家显得有点拘束，但看月月的目光柔和亲切得暧昧微妙，令小水心动又怅然。小水知道画家和月月是一块儿长大的。鱼鹰伯伯只作不见。

过了几天，村里忽然传播开一件新闻，说画家和月月晚上在落花河边幽会，被月月的丈夫捉了，画家名气大，给放了，打了一顿月月。

又过了几天，这事稍稍平息，小水去看月月，月月的双眼尽可能地比过去任何时候都更茫无所视，双颊了无血色，完全没了以前光彩照人的样子，她的嘴似乎大了一些，双唇也似乎饱满了一些。小水不知怎的就想月月的这种遭遇和神情，如若出现在她身上，她会毫无怨悔地承受。

这种事对画家是个沉重的打击，他草草画完《百羊图》，准备一走了之。

白云在天上高高地飘着。画家背着画夹，头发有点蓬乱，他经过鱼鹰伯伯的房前时，鱼鹰伯伯怜悯地看着他，不知说什么好。小水等他过去，就跟在后面走。走了一段，画家发觉了，回头看是小水，觉得喉头哽咽，笑得像哭："小妹妹，别送了。"小水就止了步，望着堤下渐行渐远的画家，心里哭似的极想唱首什么歌。

小水不敢往回走，怕鱼鹰伯伯看到她红红的眼睛。

冷美人

> 女人的柔媚是自骨子里生发出来的,腰细手柔,有种妖妖的韵味。但女人很矜持,极少主动与人搭讪,在公众场合,更没有随意的举动,这种性格,一如她的长相,清冷洁白,甚至于有点点儿病态……

女人的脸型很柔和,脸色又白净,是那种虚晃得微微泛青的白,能隐隐闪现出冷光来。

女人有着这样一种上佳的脸型和肤色,五官尤其是眉眼,是决不能随意摆设到面上去的,必得精描细绘才成。女人的眉眼如画,事实上,女人的眉眼口唇,是用眉笔和唇膏画涂在面上的,眉弯眼水唇红齿白的,效果极好。

女人的柔媚是自骨子里生发出来的,腰细手柔,有种妖妖的韵味。但女人很矜持,极少主动与人搭讪,在公众场合,更没有随意的举动,这种性格,一如她的长相,清冷洁白,甚至于有点点儿病态。

女人的身上无时不在散发着幽香,身体发肤以及衣裳,都暗暗播散着清幽雅典的香味,越接近女人,便越觉心神荡漾。香的诱惑人,丝毫不逊于美色。

女人是个冷美人,至少外表如此。女人在一家大公司做文秘,隔座是一个叫宫明亮的男文员,人长得清清爽爽的,一副温文尔雅的德行。

女人做文秘的资格比宫明亮老，宫明亮虚心好学，有什么不懂不清楚的，就去请教女人，还端茶送水的，事无巨细多有呵护。对于宫明亮的殷勤，女人不亢不卑不迎不拒，总是一副恰到好处的姿态，却又让人亲近不得。宫明亮对此惘有所失，又欲罢不能。

一次，公司举行年会，会后大家去大酒店吃饭。酒席上，恰好女人和宫明亮挨着坐。美人在旁，宫明亮只觉暗香袭人，让他的心神一阵一阵地恍惚迷离，满桌佳肴食之无味。因为跟女人挨着坐，且衣服在无意间多有接触，宫明亮心里紧张，神情就显得拘谨，面上泛红，像喝过酒一般。女人神色淡薄，一如往日。

宫明亮鼓起勇气，给女人倒上一杯红酒，头偏向女人，压低声音说："公司派我去国外学习半年，过几天就走。"

宫明亮说这话时的神态和语气，好像跟女人关系多亲近似的。女人似乎微微一怔，优雅地端起红酒，抿一小口，然后漫不经心地嗯一声，表示知道了。

宫明亮以为女人会劝勉他几句，没想到女人竟是一副漠不关心的神情。宫明亮很觉失望，他情绪低落，了无趣味地喝闷酒。

一盒餐巾纸被女人的臂肘扫落到了桌下，女人深深弯下腰去捡餐巾纸，头发摩挲着宫明亮的手臂，一路向下，直至低过桌面。宫明亮的手臂垂在身侧。

突然，宫明亮感觉到桌面下自己的手臂一阵咬疼，不由哎呀了一声，这一声儿招致了一桌子人向他注目。女人徐徐从桌子下直起腰，抬起头，若无其事地将捡起的餐巾纸放到桌子上。宫明亮极快地醒悟到刚才的咬疼，是女人施加给他的。

宫明亮受宠大惊，瞪视着女人发呆。在座的某一个人，疑心地看看宫明亮，又看看女人："怎么了？"宫明亮回过神来，竭力掩饰说："没，没什么，椅缝夹手了。"那人作势要去查看宫明亮的椅子："这么高级的座椅，哪会有缝隙？"女人优雅地给那人倒上一杯酒，淡淡地说："椅缝夹他的手和你有什么关系，喝酒吧。"女人很少主动给人敬酒，那人做出一副受宠的样子，注意力转到喝酒上。

第二天上班后，宫明亮极想问问女人那天在酒店为什么突然咬他，可对面的女人沉静如水，一丝不苟地在做着手头工作。宫明亮越是偷觑揣测，越觉心乱如麻坐立不安。最后，宫明亮一咬牙，径直走到女人的面前，突兀兀地问女人："那天为什么咬我？"女人抬头看着连腮帮子都紧张起来的宫明亮，脸上涌起一层红晕，但红晕很快消去，口气像在说别人的事情："有吗？为什么咬你？"宫明亮被女人问住了，心里泛起老些懊悔，疑心女人在作弄他，愣了一愣，悻悻地转身欲走，女人却叫住了他，声音低低地说："你对我好，我自然知道，但你已婚我也嫁人，再纠缠感情上的事，没什么意义。"宫明亮苦笑了一下，执意要明白女人咬他的原因："既然知道没有意义，又为什么咬我？"女人直直地盯着宫明亮，很清楚地说："因为我对你很有感觉，你要出国了，不咬你一口，你怎么知道我在乎你。"宫明亮又激动起来了："把你的手机号给我，到了国外我给你打电话。"女人摇摇头："没必要，当断则断，况且你我根本就没有什么开始。"宫明亮沮丧地分辩："怎么没开始什么，你不是咬了我一口吗？"女人淡薄地说："不要再纠缠这件事了，那一口算是回报你平日对我的关心，两下扯平了。"宫明亮哭笑不得："我对你关心，你倒咬我一口。"女人被宫明亮缠得不耐烦："别人求我咬我还不咬呢，真后悔咬你那一口，也许你不值得我那一咬。"
宫明亮看女人意兴俱无了，遂讪讪地说："你把情爱事看得这样淡漠，
难怪别人都说你是个冷美人。"女人面无表情地说："那是因为我
们的缘分还不够深，你怎能了解我。"

第二辑　万物有灵

　　万物有灵是人类先民的普遍信仰，先民认为不仅人有灵魂，日月山河、花鸟树木无不具有灵魂。现在科学家认为宇宙是全息的，任一部分都包含着精神的信息，只是潜显的程度不同。今天的科学只能证明物体的存在，而不能证明某种物体的不存在。

谷　雨

　　地边种着一排大杨树，青白水润的树皮老让它想啃一口，这么些年来，它从没有试着啃一口，因为树身上那些长长的大眼睛总是警惕地看着它……

　　农历三月十五谷雨那天早饭后，谷爷扛着样式老旧的木耧，赶着老黄牛走出家门。其实老黄牛用不着谷爷赶，它的缰绳随便缠了几圈搭在脖子上，背上驮着半袋谷种，慢吞吞地走在谷爷前面，倒像领着谷爷走。谷爷也不嫌它慢，跟着它慢慢走，还不时和它说着话："老伙计，这个上午你要好好出把力，咱那块地全仗你了。"老黄牛摇摇耳朵，轻轻哞一声，好像说："那就看我的吧。"

一人一牛走出村去。村首路边有棵合抱粗的泡桐，正是繁花满树，淡紫色的喇叭花一串一嘟噜地挂满枝头。田里稠密青绿的麦苗中，间或浓墨重彩地涂出一抹黄灿灿的油菜花。老黄牛一看到田野，就抖擞起了精神，碎步小跑起来。谷爷的长腿跟着它加快了摆速，搂在谷爷肩上稳稳地扛着，寸发皆白的谷爷笑骂老黄牛："真是贱骨头，望见庄稼地就跑，这半年歇得你骨痒皮紧了吧。"

老黄牛斜穿过一片杨树林，走上右拐的田间小路。小路上野草夹畔，它低下头用阔嘴啃了一口水灵灵的野草，嚼嚼，青青的汁液立时浸濡了它的舌头和口腔，它被这鲜美的味道陶醉了，又来了一口。畦中的麦苗也许更好吃些，它的嘴伸向麦苗，刚想偷吃一口，紧跟在它后面的谷爷拍拍它的屁股说话了："老伙计，那可不是你吃的。"它的脸红了一下，谷爷没看到，但谷爷感觉到了。它不再啃咬野草，踩着有些松软的小路径直走到了谷爷的地头，站住。

谷爷的这块地是春地，自去年秋天谷子收割到家后，这块地就闲置在这儿。谷雨前几天下了一场雨，雨水把土地浸润得经得住脚踩却又绵绵软软。谷爷舍不得老黄牛干重活，老黄牛老了，哪还能干壮年光景的活。昨天，谷爷让儿子开着拖拉机把这块一亩大的春地犁了一遍，又细细耙平。儿子还要给谷爷找辆播种车，谷爷说不用不用，有我和老牛就行了。儿子说牛都老得走不动了，也该卖了。谷爷生气地说我也老了，你卖不卖。儿子啼笑皆非，不敢再说卖牛的话。

唢呐呜咽

　　谷爷放下木耧，从牛背上卸下谷种，把牛套进耧杆里，再把谷种倒进耧斗。谷爷弯腰抓起一把田土在手里团团，土壤松软润湿，有着一股新鲜的土腥味。谷爷赞叹般说："好墒土！咱们开耧，驾。"老黄牛听到谷爷的口令，立时低首奋蹄，顺着田畦不紧不慢不弯不扭地直走下去。谷爷摇耧，到了地头，谷爷吁一声，牛就站住。谷爷扯扯右边缰绳，牛就右转，听谷爷说驾，就又顺着田畦往回直走。老黄牛清清楚楚记得在它是头小牛犊时，总是把耧拉偏，身边就少不了谷爷的儿子牵着它走直线。它不知道自己拉了多少年耧，只知道自己慢慢变老了，闭着眼也能走好直线。以前它有使不完的蛮力，别说拉耧了，就是拉着大铁犁铧，也能冲冲地直跑，身后泥浪翻滚。现在它不急着跑了，把劲使匀了，慢悠悠地向前拉，并得闲欣赏着四周的景物。

　　地边种着一排大杨树，青白水润的树皮老让它想啃一口，这么些年来，它从没有试着啃一口，因为树身上那些长长的大眼睛总是警惕地看着它。它曾绕到树后，想躲过前面的眼睛，可树后也有，那些充满了警惕的大眼睛布满了树身，仿佛看穿了它的心思。杨树上挂满了胡子，虽然已经过了杨柳絮儿无风自扬有风则漫天飞舞的时节，仍有些许杨絮儿黏附在杨胡子上，作着零星的飘扬。一群体态丰盈的麻雀，在树上叽叽喳喳翘首乍翅地胡闹，它们是平原上最最常见的小无赖，善于拉帮结派，秋天在田间窃食，其他季节则游荡在村子里啄食残饭寻觅粮仓。老黄牛看看树上的麻雀，不明白这些小不点为什么能一天到晚那么喜庆。

　　谷爷摇了半晌耧，只觉臂酸腿沉遍身出汗，气喘吁吁地跟老黄牛说："到地头歇了吧，看来咱们是真的老了。"到了地头，谷爷给牛脱了套："到那边卧一卧，套着这行头歇不舒服。"老黄牛走出耧杆，就近卧在谷爷身边。谷爷傍着老黄牛坐下："我都七十整岁了，你跟了我二十年，咱们都老了，谁也别逞强把活一气干完。"和牛坐在一起的谷爷，神情像头老牛，不知谷爷把自己当成了老牛，还是牛不知道它是头牛。他们一起回望着不远处的村庄，村庄上嘉树成荫，村边农舍外有几株高大的桐树，淡紫色的喇叭花开得云蒸霞蔚。不知哪儿传来啄木鸟"磴磴"的啄树声……

早些年，李家泊盛产小米，家家种谷子。一马平川的庄稼地里，哪家也没有谷爷种出的谷子好，谷爷种的谷了，碾出的小米颗粒滚圆色泽金黄，熬出的小米粥更是糯软清香。由于谷子的产量不高，近些年，很少有人种了，大多改种了高产的小麦。种谷子要留春地，肥沃沃的一块好地，一年只能收一季谷子，都认为可惜了。种麦子就不同，收了麦能接茬种玉米，一年两季收获。谷爷不，谷爷认定了种谷子，要不谷爷怎么叫谷爷。谷爷说人不能太逼榨地了，得让它休养休养缓缓劲儿，那样才能长出好庄稼。

小米养人，老理儿了，都知道。乡下的老人要吃小米，小孩要吃小米，坐月子的产妇尤其要吃小米。产妇的公婆或父母，在她还未生产时，就早早备足了够吃一个月的小米，准备给她熬红糖小米粥，而这小米以谷爷种出的为上上品。那些米贩卖的多不纯正，连城里人也闻着讯儿来李家泊找谷爷买小米。

近年，李家泊大片种谷子的就剩谷爷一人了，今年，谷爷也仅种了一亩。谷爷老了，谷爷的牛也老了，不得不缩小种植面积。

谷子种上后，谷爷发觉老黄牛日渐慵懒不思饮食。那天谷爷到牛棚里给牛添草加料，牛精神不振地卧着，只是看看谷爷，没有站起来的意思。谷爷将两把黄豆和玉米撒拌在谷草里："起来看看，有你爱吃的黄豆呢。"它勉强站起来，将头伸进槽里吃了几口就不吃了。谷爷说:"累着了?十年前一村的牲口中再没有你有力气的。"看到牛再次卧下,谷爷担忧起来,"伙计,你不是病了吧,我给你请个兽医看看。"

谷爷说去就去。兽医背着药箱跟着谷爷匆匆来了,围着牛看看,又跟谷爷说了些什么。牛听不懂,但牛知道它认识的这个背有点驼的兽医有个玻璃大针管,扎在身上会很疼。果然驼背兽医从药箱里取出了玻璃大针管,它条件反射地站起来,盯着兽医,做出了抵触的样子。谷爷扳住它的曲角安慰说:"伙计,别怕,扎一针病就好了。"驼背兽医快速把针扎进它的身体里,它想跳开,不知是谷爷力气大挟制着它不能动,还是它身衰体弱,它只是扭了扭身子,表示了它微弱的反抗后,就放弃抵触由驼背兽医摆布了。驼背兽医走时跟谷爷说的一句话它听懂了,驼背兽医说:"它太老了。"

它这次真的病得不轻,神情越来越萎靡,老听见谷爷在它身边自责地说:"早知道你会累病,说什么也不会让你拉耧的。"每次听谷爷这么说,它心里就会泛上许多难过,大眼怔怔地看定谷爷,心里说:"我老了,再不能帮你了。"

谷 子

谷爷看到他的谷子果然如儿子说的那么好,沉甸甸的大谷穗低头交颈挤挤挨挨地布满田间。谷爷听见一地的谷子细碎地欢叫着:谷爷,谷爷……

谷雨后雨水渐丰，淅淅沥沥的小雨已经下了两天，老黄牛郁郁地卧在牛棚里，长久地望着青白的天空。院子里有几棵杨树，细雨洒在树叶上再汇成大点滴落到下层的叶片上，发出叭叭的声响。老黄牛很想在这清新的细雨中，走出村去看看田野。

谷爷的儿子来了，向正愁着牛病的谷爷说："兽医都说不能好，趁着它还活着还能走，牵到王屠牛那儿卖了吧，等死了再卖价钱就亏大了。"谷爷看看儿子说："它还活着，我怎能忍心让王屠牛杀了它，死了再说吧。"儿子说："它是一头牛，不是我爷爷。"谷爷心里更觉郁闷，走到牛棚里去看牛。牛依然病恹恹地卧着，痴望着牛棚外的雨雾。谷爷明白牛的心思："想到外面走走？别急，等你好了咱们就到外面走走。"谷爷在心里问自己，"还能好吗？"谷爷看了一会儿牛，从牛棚里出来，闷闷不乐地走出院子，他要再去问问兽医，他的牛还有得治没有。

儿子看着谷爷背着手走出院去，在后面紧着问他一句："这牛卖不卖？"谷爷既没回头也没答声，只管背着手走出院去。儿子就帮谷爷拿下主意，自语说："那我就把它牵走了。"

有几只俊黑的小燕子，在细雨中斜飞逸行，老黄牛更渴望到村外的田野上走走了。谷爷的儿子吆喝起老黄牛。它站了起来，虽然四肢虚软，还能迈步。它跟在谷爷儿子的背后，前面的缰绳紧扯着，让它很不舒服，它的精神还是振奋了许多。它走出村去，烟雨蒙蒙中的田野清新异常，那些熟悉的气息和景色，悉数纳入它的鼻中和眼里，它是多么眷念贪恋这些啊。它一步挨一步地给谷爷的儿子牵扯着前行，出了村子，又不下地，一直走向村外，它想问问究竟到哪儿去，却虚弱得不想开口。前面谷爷儿子的双肩已给细雨洒湿，洇浸出老大两片，它恍惚觉得是谷爷在牵着它走，就很放心地随谷爷走下去。

村首路边那棵合抱粗的老桐树，装饰出一身繁花，在细雨中郁沉沉地看着它，用浓浓的香气告诉它："我在这儿给你送行。"

谷爷到了兽医家，说："你再去看看我的牛。"兽医却拿出一瓶酒端出两碟小菜招呼谷爷说："来，老哥哥，喝两盅。"谷爷说："你还是先去看看我的牛吧。"兽医硬扯着谷爷坐下："它太老了，你不忍心杀了它，那就让它安静地了结生命吧。雨天没事，咱们喝几盅。"谷爷就跟兽医喝起来，说的仍是他的牛，说牛跟了他二十年，在它是头小牛犊时，就被买回了家，跟着他一块儿种谷子……

谷爷在兽医那儿待了两个小时，回家时已经微醺，雨也不下了。牛棚里空荡荡的不见了牛，儿子却把一沓钱交给谷爷，谷爷有点惊慌地问儿子："牛呢？"儿子说："卖给杀牛的了。"谷爷越发惊慌："卖给谁了？"儿子这才觉得事情不像他想得那么简短："卖给邻村王屠牛那儿了。"谷爷转身向外就走，几乎小跑着出去。

谷爷急急走到邻村王屠牛那儿，远远就看见场地上横躺着一头牛，四肢直伸，地上一摊血迹，显然牛已经死了，边上还围着几个人。谷爷没敢近前，他认出那就是他的牛，牛睁着灰白的眼睛。谷爷不由老泪纵横，转身回走，边走边哭。

牛没后，谷爷一直郁郁不乐，还老觉得身乏体酸。地里的谷苗一茎挨一茎地钻出来，没多久就欣欣向荣成了一块青荡荡的好谷苗。

谷爷常常走到田里看他的谷子，有时会恍惚觉得老黄牛在他身前或身后慢吞吞地走着。

谷子秀出青茸茸的谷穗时，谷爷发现了一个大问题，那就是麻雀特别多，整个李家泊就谷爷这块谷地大了，到时不知那些天性中喜欢谷粒的飞贼会怎样大肆窃掠他的谷粒。谷爷早早用前年的谷草绑扎了一个看谷佬，给它穿上自己穿旧了不要的褂子，并戴上一顶破草帽，还在它的两臂系下长长的红布条，然后把它插到谷地中央，背后看去，宛然就是谷爷站在地里看守庄稼。

给谷地里安置好看谷佬后，谷爷就病倒在了床上。谷爷躺在床上郁郁地想着他那一地的谷子，默默计算着日子，那些青茸茸的谷穗，这时节都应该长得粗壮沉实饱满了吧，那一地万头垂动的谷穗，应该长得像当年毛主席背着草帽穿着白衬衣走进的那块谷地那么喜人了吧。谷爷很想去地里看看他的谷子。

谷爷的儿子每次走来看他，他都要问儿子那些谷子怎么样了，儿子每次都说好得很。谷爷还是不放心，他知道在这个殷实的秋天，正是鸟儿无须忧虑饥饱的季节，尤其是那些贪吃的麻雀，它们会成群结队拉帮结派地飞落到谷地里，噪声惊人地劫掠谷粒。

谷爷等儿子再来看他时，郁郁地问儿子："那些贪吃的麻雀把谷子糟蹋成了什么样子？"儿子安慰他说："今年麻雀是多，但不知为什么，很少有落到我们谷地里偷吃的。谷子好得很，比往年都长得壮实饱满。"谷爷虽然不大相信儿子的话，还是略觉放心地沉沉睡去……

谷爷做了一个梦，在梦中，谷爷像往常那样走向他的谷地。谷爷看到他的谷子果然如儿子说的那么好，沉甸甸的大谷穗低头交颈挤挤挨挨地布满田间。谷爷听见一地的谷子细碎地欢叫着：谷爷，谷爷……

谷爷心满意足地巡视着他的谷子，在谷地中央，谷爷看到了那个戴着顶破草帽挥着红布条的老人，谷爷紧紧握住老人的手说："谢谢你把我的谷子照看得这么好。"老人说："这是你最后一次托我照看这些谷子，我也是最后一次给你看守它们了。"谷爷和老人久久地站在谷地里，谷爷再次听见拥围在他四周的谷子发出细碎的欢呼声：谷爷，谷爷……谷爷眼中流下泪来。

谷爷的病越来越重了，到收割谷子时，谷爷已经不行了，谷爷跟儿子说："我去谷地里看过了，那些谷子真的很好。"

谷爷没等到谷子收割到家就走了。那年谷爷的谷子收成真的很好，旁人田里的谷子都被雀儿糟蹋得严重几减产。原来，谷爷的儿子在谷子快成熟时，不辞辛苦地用红色塑料袋一兜兜将谷穗扎罩起来。

谷爷走后，谷爷的儿子就不种谷子了。谷爷的儿子对谷子不感兴趣。

小　晚

在这个阳光灿烂有风有阴凉的寂静午后，它把自己舒服地安置在墙头上，刚想惬意地伸展腰身，忽然看见小晚正笑嘻嘻地看着它，它像被人撞见了秘密似的，赶紧趴伏在墙头上不动了，同时用叶片遮住了触须，并从叶片下偷窥小晚……

这是座老宅院，地面上铺设着厚沉沉的方砖，房顶上覆盖着灰郯郯的瓦片，瓦片间生长着青灰色的瓦棕。既是在炎炎夏日，这老宅里也弥漫着森森凉气。

墙外边有一茎丝瓜的触须，以不易察觉的速度小心翼翼地攀上墙头，它身后拖着几小片才绽展的嫩叶。在这个阳光灿烂有风有阴凉的寂静午后，它把自己舒服地安置好在墙头上，刚想惬意地伸展腰身，忽然看见小晚正笑嘻嘻地看着它，它像被人撞见了秘密似的，赶紧趴伏在墙头上不动了，同时用叶片遮住了触须，并从叶片下偷窥小晚。

在这个初夏的午后，十三岁的女孩子小晚，坐在院子里的大绒花树下，抱拢双膝脸颊放在膝盖上，侧面看着墙上那茎丝瓜的触须。小晚的脚边蜷卧着一只雪白的猫儿，头上浓郁的树冠里点缀着粉红色毛茸茸的花儿，微风吹来，像一树翕翕振翅的轻灵蝴蝶。看到丝瓜茎须那羞怯的样子，小晚都快笑出声了。蝉鸣像夜空升起的烟火，哧哧响着划过长空，声音的悠长，让小晚觉得它们过于炫耀逞强，再不换气，都能背过气去。

小晚是这样一种灵性未泯的女孩子，那些对一般人不可知不能见的事物，她都能明察秋毫见怪不怪地接受并且和它们交流。

吃过晚饭，黄昏慢慢滑落，在半透明的暮色中，院中的那些花儿草儿以及树木，放松了它们扳了一天的面孔，在习习的晚风中开始了嬉戏和窃窃私语。小晚坐在院子角落里的一块青捶布石上，旁边有老大一丛艾草，长得蓬蓬勃勃的，散发着它们特有的苦腥味儿。

夜空中两只黑色的蝙蝠，悄然滑飞迂回着，一只告诉另一只说："这是个有故事的老宅院。"另一只问："这个老宅院里曾经发生过什么事呢？"先前的那只说："这老宅院里以前住着一个美丽的女孩子，她有一个上大学的表哥，一年夏天，放假的表哥来这儿玩，喜欢上了表妹，两人相爱并且约为夫妻，可表哥走后就再没回来。"听故事的那只蝙蝠从小晚头上飞过，赶紧折滑回去告诉同伴："别说话了，小晚在呢。"两只夜的精灵就悄无声息地溶进黑暗中了。

小晚问身边的艾丛："那个等不来表哥的女孩子后来怎么样了？"艾丛沙沙地摇着头说："不知道，我们没赶上看那个故事。"

小晚很想知道那到底是怎样的一个女孩子。

烈　马

营长恼怒，盛气之下拔枪要击毙五号，却见五号在朝阳的逆光下昂首长嘶，美鬃纷披遍体红光。营长心中一动，垂下手臂……

五号是一匹来自天山未加人工驯养的野马，通体血红，长鬃披拂，极是剽悍神俊。此马性烈，初入军马场，圈进马栏，跳踢撕咬，惊搅众马。也是看马兵疏忽，栅栏门没拴牢，给众马挤撞开，马们发狂，一时炸栏，争拥而出。军马五号从一人多高的栅栏上飞跃出去，昂首狂奔。顿时，群马四散奔逸。

看马兵惊骇万分，待拼命收拢了群马，独独少了五号。隔两天，却见五号在军马场附近徘徊。看马兵因受了场长的训斥，心里憋气，忍了恼火慢慢诱五号近身，马笼头套上后，便将五号牢牢拴在石桩上，狠狠甩圆了粗长的马鞭一顿死抽。军马五号暴跳不止。看马兵打酸了手臂，仍不能使它服帖，只好用高栏大锁单独圈起它。

后来五号调入骑兵营，号称飞老虎的营长搭眼就喜欢上了它。

营长牵出五号试骑，却被它掀翻在地。营长脾气倔强，再骑，再摔下，屡试不爽。营长恼怒，盛气之下拔枪要击毙五号，却见五号在朝阳的逆光下昂首长嘶，美鬃纷披遍体红光。营长心中一动，垂下手臂。

军马五号给营长关了禁闭，断其草料，只供饮水。

四天后，营长牵出五号，马已饿得神形憔悴，立站不稳，俊目茫然半睁。营长手执一柄黑梢蛇般的马鞭，冲马劈空甩个脆亮的鞭响。军马五号猛然昂起头，眼中射出两束凶悍奇亮的光。营长抓紧缰绳翻身上马。马打旋转，仿佛因了精神体力的倦怠而温驯起来。营长心喜，一鞭抽在马臀上，着力不重，马却狂嘶一声，精神骤然抖擞，跳梁腾跃，意欲将营长掀翻地上。营长像粘在它的身上。军马五号连连嘶鸣咆哮，其音愤怒悲壮，忽然倔着头向一水泥电线杆疯奔，一头撞上。

营长从马上抛出去，跌得鼻青脸肿，膝盖出血，等爬到马旁，马已折颈而死。

柴　柴

惶惶无所依的柴柴，每日在村里村外凡是跟随五爷五奶走过的地方转，它嗅着路面，努力找寻老主人旧有的气息……

柴柴是一条黑狗，因其干瘦如柴，主人就怜惜地给它起名柴柴。

柴柴和主人居住的村庄虽然小，却是颇有名气的生态村，村内有整洁的水泥路，村外尽是果园，一到春天，环村就会桃红李白菜花黄，小小的村庄，就会整日幸福而又安静地浮卧在这香气氤氲的气氛和浓艳的色彩中，在杨柳和桐树的庇护下，露出它的红砖蓝瓦或者红瓦水泥墙，瓦片粼粼，墙垣续断。

柴柴的主人是个高瘦的老头，喜欢背着手走路，脚步踏踏的，老是拖着地面抬不起来，因为背微驼着，头就显得向下勾，走路时看自己脚尖似的。我们叫他五爷，因为他在自家兄弟中行五。

五奶是个聋哑人，老年后又患上了痴呆症，老是把自己走丢，五爷不敢大意，五奶走到哪儿，五爷就跟到哪儿。五奶喜欢乱走，拄着手杖弯着腰在前面走，五爷背着手微勾着头跟在后面，瘦长的黑狗柴柴，则尾随着五爷。五奶走得慢，五爷很有耐心地跟着，那么高大的人，迈出的脚步怕踩死蚂蚁似的。有那么两年，这两人一狗，成了小村内一道行走的风景，温馨而又感人。

五奶先五爷走了，五爷的背显得更驼了。孤零零的五爷在村内背着手行走时，我们仍会觉得他前面有五奶的影子。令我们欣慰的是，五爷的身后依然紧跟着黑狗柴柴。五爷站住不走时，柴柴也会驻足不前，不过，柴柴老要看看五爷的前面，再看看五爷，奇怪怎么不见了五奶。五爷明白了柴柴的意思，轻轻地跟柴柴解释说："我那老伴去了一个永远回不来的地方，不久我也要去那儿。我必得先送她走，我生下来就是要先送她走的。"

这么过了一年，五爷也去世了。五爷去世的前一天，还带着黑狗柴柴在村内转悠，路线是他和五奶惯走的那条。

柴柴怎么也弄不明白五爷去了哪儿，它简单的头脑固执地认为五爷只是暂时去了什么地方，很快就会回来的。惶惶无所依的柴柴，每日在村里村外凡是跟随五爷五奶走过的地方转，它嗅着路面，努力找寻老主人旧有的气息。

柴柴成了真正的丧家犬，村里有人打算收养柴柴，可柴柴丝毫不予理会。只管每日村里村外的转。

有一阵子，我们都给这狗转得心烦意乱了，因为一看到它，就好像看到了五爷五奶在它前面走。

后来，柴柴不知所终了。有人说曾看见一条很像柴柴的瘦狗倒毙在什么地方。

虽然看不到柴柴了，有一段，我们还是觉得五爷五奶和柴柴，在村内慢慢地走。

玉 佩

更多时会遥想那块古玉的旧主人是怎样的一个女人，又有着一段怎样纠缠至骨的爱情，竟然会在千年之后，把她那种凄伤至极的感情传递下来……

开古玩店的老板是晓芦的表哥，晓芦没事就爱到表哥的古玩店里晃悠。一天，晓芦发现表哥的古玩店里新上架了一款玉佩，玉佩环形，银圆大小，晶莹剔透五彩缤纷，晓芦一见就觉怦然心跳，仿佛这玉佩和她有着前世今生的缘分。晓芦拿着玉佩再舍不得放下，一定要买下。表哥看她喜欢得很，犹豫了一会儿，只得半送半卖给了她。晓芦找了根红丝绳穿过玉佩，想挂在胸前，表哥劝阻她说："这是块古玉，阴寒冷森的，还是收藏起来好，再说佩戴着万一碰坏了多可惜。"晓芦当着表哥的面没戴玉佩,回到家后就挂在了脖子上。晓芦多少有点玩玉的常识,知道玉是需要养的,越与肌肤接触越温润可人。晓芦以为表哥只是担心她不小心碰损了这块上好的古玉。

晓芦原本是个性格开朗无忧无虑的女孩子,在戴上那块玉佩后,竟变得莫名忧伤起来,那是种突如其来的尖锐而又深刻的受伤感觉。晓芦还没有男朋友,甚至没有心仪的人,可是现在心里老有一个模糊的男子形象,她竭力想把那个男子的长相"看"清楚,但也只能知道他白面长身穿着一件华丽的袍子。

晓芦不仅改变了性情,连行为也怪异起来,时不时会出门漫无目标地游荡一番,好像去寻找什么极为重要的东西,却又不知道它丢失在了哪儿,她苦苦地找寻着期待着。晓芦有时也会反省自己这是怎么了,但往往茫然不知所措。有一次,晓芦竟然外出三天不归,亲友一概不知她的去向,家里慌了,发动亲友四处找寻,开古玩店的表哥也给派了出去。最后,晓芦的表哥在郊外的古墓群区域找到了晓芦,当时晓芦正坐在一块残损的断碑上,喃喃自语着一些奇怪的话。

表哥把晓芦带回了家。关于晓芦的怪异行为,表哥已经知道了,他疑虑重重地问晓芦是不是戴着玉佩,晓芦点头,并把玉佩从胸前拿给表哥看。表哥一把将玉佩扯下来,不得不告诉晓芦,这块玉佩是他一个以盗墓为业的熟人,从一座唐墓里的女尸上取下的,玉通灵性,说不得就是这块浸润了旧主人气息的古玉在作祟。

表哥把晓芦贴胸佩戴的古玉拿了回去,晓芦很快就恢复了常态。晓芦对自己此前的怪异想法和举止实在是百思不得其解,更多时会遥想那块古玉的旧主人是怎样的一个女人,又有着一段怎样纠缠至骨的爱情，竟然会在千年之后，把她那种凄伤至极的感情传递下来。

刀 恨

回到住处，庄微向刀三拜："丰兄托错了人，庄微无颜存世。"说完，庄微拔刀自刎，血溅屋顶。刀啸然悲鸣，三日不绝……

铸器圣手庄微看着丰捧来的上好镔铁，不禁说："这样的铁确能锻出好刀，但要锻出绝世好刀，得用人的鲜血淬火。"丰扑身拜倒："万望先生成全。"

刀已锻好，就等最后的一淬。

丰听着屋外呼呼的拉风箱声，知道刀已放在火上烧。丰拿起短刀，在左手腕上脉搏处狠狠切下，霎时，血流如注，倾入丰脚边的大白瓷盆里。丰端坐椅上，右手扶持左臂，眉头不皱一皱。

庄微赤着油亮的膀子进来，他要告诉丰，刀已烧红，可以淬火了。庄微看见丰端坐在椅上，近前一推，丰随手倒下。庄微大惊，又见地上满满一盆鲜血，原来丰已血尽而死。庄微大哭，急急取刀蘸入血中，刺啦一声，青烟蒸腾。庄微边蘸边哭："丰兄以命作赌，寄厚望于庄微，庄微一定手刃丰兄仇家，要是负兄，死此刀下。"青烟散尽，庄微取出刀，刀体奇澈，宛如寒冰，刀上滴血不存，叩之作玉石声，削铁如泥。

庄微封炉闭户，背刀去找惨杀丰父母的仇家。丰的仇家为江南巨富，平日车轿出入，又有众人拥护，闲人难以近身。庄微在巨富宅院四周逡巡数日，无机下手。一夜月明风清，刀自壁上啸然振鸣。庄微抚刀轻叹："丰兄等不耐烦了，也罢，明日仇家乘轿出门，我好歹结果了他。"

翌日，庄微带刀尾随仇家十余里，入一闹市，庄微快步接近轿子，随人也不妨他。庄微抽刀暴起，将轿子横削竖砍，轿子支离破碎，仇家滚落轿外。市人大哗，恰巧一队巡兵经过，闻声跑来。庄微来不及手刃仇家，疾步钻入人群逃走。

官府绘形捉拿庄微，庄微只得携刀远避。

在庄微避难的镇上，人们常常看见一个白衣书生在酒肆喝酒，每喝必醉，醉了就哭。镇上的人都不认识白衣书生，有人想看个究竟，书生回去时在后尾随，走着走着，书生不见了。

一日庄微去集市上买东西，见许多人围看一个喝酒的白衣书生。庄微走去看，白衣书生以筷击打酒碗，边歌边哭。庄微失声大叫："丰兄。"白衣书生倏然而没。庄微木立良久。

回到住处，庄微向刀三拜："丰兄托错了人，庄微无颜存世。"说完，庄微拔刀自刎，血溅屋顶。刀啸然悲鸣，三日不绝。

庄微死后，刀遂落在一个俗人手里，这人居为奇物，每欲高价货卖。又半年，丰的仇家坠马而死。那一夜，刀在鞘中嚓嚓作碎裂声。

俗人又引来一个买主看刀，抽刀欲看，却抽了个空。刀鞘内一汪殷血，外面徒留刀柄。

火　狐

眼看细腰要咬翻火狐，火狐却一个急转身，向另一个方向跑去。细腰收束不住四肢，向前冲滑一段，激起好些雪末儿……

纷纷扬扬的雪花飘洒了三天，终于在早上停了下来。

扎根戴上狗皮帽子，刚拉开屋门，一堆雪就酥酥地倒进门内。扎根跺跺落到鞋上的雪，还没迈出门，家犬细腰兴奋地从他胯下钻出，在雪地上印下深深一串兽迹。

天晴冷，白茫茫平展展的原野上寂无一人，只有那些低矮的灌木丛将它们的枝杈刺出雪被。

扎根腋下夹着一张破网，缩肩陷颈地向那片堆积着垛垛秋作物秸秆的稀疏树林走去。细腰跑跑停停，不时从前面回望主人。

在一大垛玉米秸秆前，扎根很容易地看见一行细碎的兽迹，于是将网罩在选定的一处秸秆上，然后绕到网的对面，拍手跺脚地大声吆喝，又捡了一长条树枝抽打秸秆。细腰先是嗅闻兽迹，接着助威似地有一声没一声地叫。大多情况，受惊的野兔往往背向声响蹿出，一头钻进没固定的网中，带着网跑，十有八九给人捉获。

扎根折腾得额上沁出了细密的汗珠儿，没有一只野兔跑出撞网，就暂停了驱赶，绕过去看网。忽然，一只红色小兽从网的底部钻出，飞样蹿向雪地，像朵跳跃的火苗。细腰一声不响箭射出去。扎根眼中一亮，骂声："奶奶的，好漂亮一只火狐。"尽管扎根竭力追赶，火狐和细腰还是远远地把他抛在后面。

细腰肩宽腰细，四肢矫健，极擅奔跑。眼看细腰要咬翻火狐，火狐却一个急转身，向另一个方向跑去。细腰收束不住四肢，向前冲滑一段，激起好些雪末儿。细腰嗓子里低吼一声，转身又追。火狐给细腰逼得几次故技重使，末一次竟慌不择路，从扎根胯下钻过，向村里逃命去了。细腰尾随紧逼。

扎根赶得头上热汗腾腾，追进村子，狗狐俱失。扎根茫然四顾，徒然唤着细腰。扎根问第一个遇到的村人见没见到追着一只火狐的细腰。村人更感兴趣的是火狐，问怎样的一只火狐。扎根说："极好的一张狐皮子，少说也要卖一千多块钱。"听的人就眼中放出光彩，急急转身走了。

很快村里沸腾了，狗们大声吠着，人们四下搜寻可疑的兽迹。许多人甚至自称见到了火狐倏忽的身影，他们信誓旦旦的样子，让那些听的人仿佛闻到了弥漫在村中的狐臊气。人们相互传说着："极好的一张狐皮子，少说也要卖一千多块钱。"

扎根村前村后地寻找细腰，想也许细腰正叼住了火狐。扎根在村后看见盲女丫丫抱着一包东西慢慢地走。丫丫是个孤儿。跟哥嫂住，一天到晚编制竹篮。丫丫极少说话，默然独坐中，轻柔细长的竹篾在手指间跳跃，双手常常新伤压着旧伤。编好竹篮，哥就挑到集上卖。

扎根怜悯丫丫，就多看了丫丫一眼，忽然看见丫丫用床单包的东西里露出一段红毛。扎根心里一跳：火狐！扎根悄悄跟在丫丫身后。

到了村外，丫丫侧耳听听动静，揭去床单，里面果然包着火狐。

丫丫把脸贴在火狐身上："你好可怜，不要让人把你捉去剥皮卖钱。"丫丫弯腰放下火狐。火狐依恋地蹭蹭丫丫的脚，转头看见扎根，惊惧地飞跃进茫茫雪地，像朵跳跃的火苗。

这时，细腰垂头丧气地走到扎根身边。一眼瞥到火狐，立时激动起来，起身欲追。扎根一把抓住它的项圈，喝声："站住！"细腰躁动不安，喉里呜呜着。丫丫惊疑地扭回头："谁？"扎根忙说："我，扎根。"丫丫茫然瞠视着后面："狗呢？"扎根把细腰拉到丫丫面前："你摸，它在这儿。"

黑　狐

村人常常看到两只皮毛闪着缎子般光泽的黑狐出没，也不畏人，两眼精光光地看人，还时常飞快地跑过桥去，人若走近，它们便倏然没于草中，踪影不见，只见杂草摇动……

村外那条宽宽的浅水河上，架着一座简陋的长石板桥，因年久失修，显得破败不堪。在石桥南边那片灌木丛生野草没膝的滩地里，村人常常看到两只皮毛闪着缎子般光泽的黑狐出没，也不畏人，两眼精光光地看人，还时常飞快地跑过桥去，人若走近，它们便倏然没于草中，踪影不见，只见杂草摇动。

村人向来供奉狐大仙，谁也不敢去打那两只黑狐的歪主意。黑狐虽然住在村边，却不去祸害村里的鸡鸭，村人越发敬畏它们。

那年秋天，村里的杜十八在外发了笔不大不小的财，并且领回来一个模样俊俏的媳妇。这个外地媳妇有天过村外那座石板桥时，看见了那两只在阳光下闪着缎子般光泽的黑狐。杜十八的媳妇站在桥头，看着那两只嬉戏的黑狐，惊奇它们的皮毛如此光泽黑亮。由于有人伫立凝视，黑狐停下嬉戏，四只眼精光光地盯看了一会儿杜十八的媳妇，晃身隐进草丛不见了。

杜十八的媳妇急忙回家告诉杜十八。杜十八毫不稀奇地说："那两只黑狐早就住在那儿了，村里人都知道。"媳妇奇怪了："怎么没人去捉？"杜十八说："都说是狐仙，谁去自找晦气。"媳妇感到好笑："不过是两只小野兽，我们那儿常有人捕杀狐狸卖皮子。"杜十八摇头："惹恼了狐大仙，就会一辈子晦气。"媳妇高中毕业，自然不信鬼狐作祟的事，极力怂恿杜十八："饲养的狐狸不就是给人剥皮卖钱吗？桥那边的两只黑狐真是少见的漂亮，能有那么一两条狐皮领子，围在脖子上多神气，就算自己不用，卖皮子也足能值一两千。"杜十八初中毕业，知道最基本的自然科学，让媳妇说得心动起来，心想媳妇穿上有狐皮做领子的衣服一定会更漂亮。

杜十八杀了一只鸡，将老鼠药装进鸡肚子里，然后把鸡放在黑狐经常出没的地方。第二天，杜十八走过石桥去看有没有药死黑狐，就见有只黑狐被药死在桥头的野草里。杜十八蹲下身看死狐，总觉对面草丛里有些异样，他向对面看去，就见有两只精光光的眼睛惊惧凶狠地盯着他。杜十八不由心中一惊，站了起来，那两只眼睛一闪不见了，对面只剩下草摇叶动。

夜里，杜十八听见了剩下的那只黑狐凄厉的叫声，时而村左时而村右，彻夜不息，让杜十八不寒而栗。媳妇恨声说："明儿再杀一只鸡。"

　　杜十八就又杀了一只鸡,放进老鼠药丢到黑狐经常出没的桥边,可剩下的那只黑狐碰都不碰,到了夜里仍是绕村哀叫,叫得村人心里惶恐不安,多来指质杜十八,杜十八更是惊疑。白天,不断有人看见那只有着缎子光泽的黑狐在石桥上跑来跑去,拖着蓬松的长尾巴,像刮风。突然有一天,那座长石板桥倒塌了。杜十八觉得黑狐在实施它的报复了。

　　杜十八自制了一只人铁夹子,决心除掉剩下的那只黑狐。等杜十八再次去查看铁夹子时,铁夹子上残留着黑狐的半截尾巴,旁边一摊殷血。黑狐为了脱套自救,咬断了尾巴。杜十八觉得这实在是只可怕的狐狸。

　　村里再不见了那只黑狐。在杜十八稍觉安心时,家里却莫名其妙地遭了一场不大不小的火灾,后来又走丢了一头肥猪,鸡鸭也常遭什么东西咬死或拖走。杜十八真的感到恐惧了,总觉得那只少了半截尾巴的黑狐,无处不在无时不在。

　　许多年后,杜十八做买卖赔了血本,越发认定是黑狐在报复他,因为多年来,他心里一直有着黑狐的阴影。

鳄　杀

　　人鳄血战,这场战争史上罕见的个例,仅仅用了十多分钟时间,一千多名日军就葬身鳄腹了,沼泽地里到处散落着日军的残骸和被射杀的鳄鱼尸体,弥漫着令人恶心的血腥味……

唢呐呜咽

1945 年 2 月 29 日。

残阳如血，缅甸兰里岛上大沼泽的边缘，停顿着一支狼狈不堪的军队，这是一支入侵缅甸的日军，白天和英军的激战让他们损失惨重，现在英军还在后面尾追着，横亘在前面的大沼泽让他们暂停下来。

参谋江田看看水草丛生白汪汪的大沼泽，在散乱的队伍前边找到身材矮短的山本太郎司令："我们对这片沼泽几乎一无所知，过还是不过？"山本太郎望望大沼泽，让人喊来侦察队长和夫，山本太郎黑沉着一张充满晦气的脸问和夫："除了这片沼泽，这里还有别的出路没有？"健壮精明的和夫向司令敬了个军礼说："除了向后，别无出路。"这时后面遥遥传来零星的枪声，山本太郎知道那是英军在射杀落单在后面的日军。枪声让已成惊弓之鸟的这支队伍产生了一阵不安的骚动，有人开始走下沼泽了。山本太郎的脸更黑了，扭回身向他的兵士大声说："不想被英军打死的，过沼泽。"和夫忙说："当地人说这沼泽里有鳄鱼。"山本太郎挥手打断和夫的话："我们这么多人还怕几只鳄鱼？就算有，我们这么大的声势惊也惊跑它们了。"很快，一千多人的队伍别无选择地走进了大沼泽里。

大沼泽里的水草和烂泥，让日军举步维艰，他们艰难地跋涉着，都希望快点通过这片烂乌之地。侦察队长和夫走在山本太郎前面开路，离和夫约一丈远的前面，有一段黑色枯木样的东西浮着，和夫警惕地停下来，仔细看看后向山本太郎报告："有情况。"山本太郎条件反射地拔出手枪茫然四顾："哪里？"和夫指指前面浮着的枯木样的东西："那里，鳄鱼。"山本太郎看向那段一动不动的"枯木"，脸上露出不屑的神情，他一手握着手枪一手拿着拄路棍，哗哗地向鳄鱼走过去，他用棍子在鳄鱼的脑袋上敲了敲，鳄鱼竟然一动不动。和夫吓了一跳："千万别动它，这东西会吃人的。"头上被敲了两棍的鳄鱼，不但没有发动攻击，反而向后退去，隐入水中不见了。和夫说："我在这带侦察过，这儿常发生鳄鱼吃人的事。"山本太郎不满地看着和夫："你也太小心了，我们是日本大帝国的荣誉军人，连死都不怕，难道怕一只鳄鱼？"

队伍继续艰难地向大沼泽深处前进。太阳就要落下去了，天边的晚霞反而绚烂起来，水面上到处是红亮亮的碎光。疲惫的队伍艰难地前进着，没人说话，只有哗哗的蹚水声。和夫慢慢落在山本太郎的后面，和侦察兵佐佐木走在一块儿。前面有的人嫌拄路棍过于粗大拿着费力，随手丢弃了，和夫在经过时就顺手将那些浮在水面上的棍子捡起来。佐佐木不解地问："这么累别人都想减少负担，你怎么反捡起这些棍子？"和夫一脸郑重地告诫佐佐木："千万不要扔了拄路棍，还要像我这样能捡多少就捡多少，如果碰见绳子和带子也要捡起来，也许在生死关头可以帮我们逃命，这是当地人告诉我的。"由于是溃军，前面的人走过去后，那些鞋带、背带、甚至枪带，总会有些飘散在水面上，佐佐木知道和夫是个经验丰富的人，也学着他的样子捡着棍子和绳子。

先是水面上的红光不见了，接着晚霞也完全消失了，天色越来越暗了，水面上能见到零星的鳄鱼头了。这支一千多人的溃军自恃人多，再说也无路可退，一千多双脚像个大搅拌机似的，杂杂沓沓翻泥搅水地踩踏着沼泽。那些沿途出现的鳄鱼，这儿那儿地咕嘟咕嘟吐着泡儿，却根本没有引起他们足够的警惕，更多的人看都不看一眼，只有和夫一再警告和他并行的佐佐木："小心那些吃人的家伙，

77

它们咬住你是不会松口的，会在水里打着转把你的一条胳膊或者大腿生生撕咬下来为止。"听得佐佐木的头皮都麻了，忽然他惊慌地大叫起来："鳄鱼咬我了！"挣扎着前进不了一步。和夫也吃了一惊，待看清是一大束水草缠绊住了他腿，安慰他说："别害怕，是水草，要是鳄鱼咬了你早把你拖倒了，不会让你好好站在这儿的。"由于太疲惫，佐佐木的惊叫并没有引起其他人多大的反应，他们依旧吃力地机械地迈着步子。

和夫和佐佐木已经捡起了五六根粗大的拄路棍，还有一些绳子带子，和夫把捡到的绳子带子系在腰上，和佐佐木分别扛着捡来的棍子。在经过一块高出水面的土堆时，和夫有点意外地跟佐佐木说："沼泽里竟然有这样的一小块高地，少见。"

这样的行军太消耗体力了，山本太郎看看已到沼泽深处，深邃的夜空里已是弯月高挂，大沼泽里尽是茫茫的泛着微光的水，只得让队伍站在原地稍作休息。队伍一停下，刚才还翻泥搅水的行军声，很快就静了下来，而且静得死寂寂的，密密麻麻的日本兵像林立的木桩子一样戳在沼泽里。

突然不远处掀起了一阵哗哗的水浪声，声势骇人地向这边迅速波延过来。和夫大吃一惊：无风哪来的大浪？他反应奇快，在别人都还在莫名其妙时，他拉上佐佐木回头就跑，他目标明确，那就是刚才经过的一小块高出水面的土堆。

"啊！我的腿！"队伍里传出一声惨厉的大叫，令人毛骨悚然。紧接着是一声咒骂："滚开！老子打死你！"仿佛一石惊破千层浪，一时间呼痛声、惨叫声、咒骂声、搏击声、开枪声，充满了沼泽地，不久前还静悄悄的休息地，很快成了人间地狱。

和夫拉着佐佐木拼命跑到不远处的那块高地，两人爬上土堆后，用木棍和绳子很快搭成一个离地约有一米多高的架子，两人爬了上去，因为在军队里经常搭帐篷，他们搭的架子很结实。两人爬在架子上，听着不远处撕心裂肺的惨叫声，觉得世界末日到了。

无数只鳄鱼倾巢而出，狠狠攻击着这支疲惫的队伍，它们本来就是臭名昭著的凶残杀手，在被激怒的情况下，更是凶残无比。人鳄血战，这场战争史上罕见的个例，仅仅用了十多分钟时间，一千多名日军就葬身鳄腹了，沼泽地里到处散落着日军的残骸和被射杀的鳄鱼尸体，弥漫着令人恶心的血腥味。

那边的惨叫声稀疏下去，渐至于无。和夫不寒而栗地说："他们，大概都完了！"水浪哗哗地向土堆这边涌过来，在清冷的月光和星光下，土堆的四周布满了绿亮亮的眼睛，一层一层密密麻麻的，到处在咕嘟咕嘟地冒着水泡。佐佐木恐惧地说："那些魔鬼全过来了！"和夫用木棍狠击一只爬上土堆的鳄鱼："它们全咬红了眼，闻着我们的气味就过来了。"鳄鱼争拥着往土堆上爬，迭迭层层的，大鳄鱼再探高点头几乎就能用它尖利的牙齿咬着架上的两人。和夫、佐佐木手里的木棍，对这些有着坚硬鳄皮的凶残家伙基本上不起作用，再这样下去，鳄鱼挤也会把架子挤倒的，那时两人的命运就和那边兵士的命运一样了。架子在鳄鱼的挤蹭中已经有些动摇了，佐佐木绝望地向下面的鳄鱼乱打着："滚，滚开啊！"

和夫想起了本地人说的话：在给一群鳄鱼围攻时，千万别跑，最好的办法就是让它们互相残杀。可怎么制造事端让它们互相残杀呢？和夫苦苦思索着。这时一只大鳄鱼探起头来在离他一尺远的地方张开了布满了白森森牙齿的大嘴，他突然有办法了，等这只鳄鱼被别的鳄鱼挤下去时，他俯下身子用他强有力的大手，迅速地抓起一只较小鳄鱼的尾巴提拎起来，等另一只大鳄鱼张开大嘴探起头时，他准确地将手里的鳄鱼身子送进了那张可怖的大嘴，大鳄鱼的嘴巴一合就将和夫提着的鳄鱼咬落下来。被咬的鳄鱼负疼，扭动着身子回咬，却咬着紧挨着它的另一只鳄鱼，旁边的鳄鱼无辜被咬，黑暗中也不知谁咬的自己，张嘴乱咬一气。和夫成功地在鳄鱼中间制造了事端，本来还算平静的局面，很快就失控了。凶残的鳄鱼相互撕咬着，它们翻滚着纠缠着追逐着，那么多的鳄鱼几乎都卷进了这场莫名其妙的自相残杀中，而且越来越疯狂越来越血腥。和夫、佐佐木的耳中充满了水浪声和疯狂的撕咬声，仅这声音就能把他们吓得要死。

鳄鱼的厮杀，直到天明才彻底平息下来。和夫、佐佐木在架子上放眼看去，沼泽地成了大屠宰场，血腥得不忍猝睹：到处漂浮着人和鳄鱼的残尸，水都成了红色，浓郁的血腥味让人呕吐，幸存的鳄鱼也已退去。

和夫向佐佐木说："前面已能看到沼泽的尽头了，我们必得走出这个沼泽。"佐佐木心有余悸地看看四周血腥的场面："再碰上鳄鱼我们可就完了。"和夫有把握地说："经过这一夜的大厮杀，幸存下的鳄鱼暂时不会攻击我们了，它们也怕了，不走出去会困死在这儿。"和夫率先从架子上下来走进了沼泽，佐佐木只好战战兢兢地跟在他后面，两人小心翼翼地向已能看到的岸边走去，所幸一路再没遇见鳄鱼，上岸后倒是遇上一些鳄口逃生的兵士，加上他们两人，幸存下来的有二十多人。

这件事令日军高层震惊，派人前去调查，结论是因为日军侵犯了鳄鱼的巢穴，激怒了鳄鱼，致使它们倾巢而出进行疯狂的报复。

老虎坡

　　天完全黑下来的时候，狼已经聚集了几百只，仗着黑沉沉的夜幕庇护，它们不再鬼鬼祟祟地尾随，而是跑到队伍前面，在队伍必经的大路上把队伍拦住……

　　当一个战士发现对面山坡上有几只狼在悄悄地时隐时现地尾随部队时，天已经快黑了。

　　这是一支来自江苏、浙江两省的二百多名新兵组成的部队，要远去贵南进而西渡黄河进行野营拉练。这一天，他们由青海贵德县走出，准备在一片叫老虎坡的荒无人烟的山岭附近宿营。跋涉一天，战士们都已筋疲力尽了。1970 年 3 月的青藏高原仍是春寒料峭，战士们穿着棉衣背着棉被，早已对高原枯燥寂寞的环境失去了兴趣，他们希望看到别的活物。当第一个发现狼的战士遥指着对面山坡以惊奇的口气告诉大伙时，疲惫的队伍很快振奋了一些，许多人是第一次看到野狼。向导曾说过西北的狼很凶残，大的狼群过处，小的村寨往往人畜被吃一空。对面山坡上的几只狼并没有让战士们感到有什么危险，指导员连看也不看它们一眼。队伍继续向着宿营地走。

　　天色渐渐昏暗。狼的数量在不断增多，不时有几只狼亮出白森森的牙齿仰天嚎叫，带着一种凄惨的凶狠与饥饿的焦虑，它们在招呼同类。不知不觉中，狼的数量增加到了四五十只，并且还在悄无声息地增加着。恐怖的狼嚎声不断在山间回响，那些十八九岁的新兵看着幢幢的狼影，心里渐渐也像这青藏高原黄昏的寒冷一样，不由寒栗起来。

紫红脸膛的向导，是当地的牧民，当然清楚这些狼会干什么，他快步跑到连长跟前："战士们枪里有多少子弹？"连长看看依然在增加着的狼群说："他们都是新兵，从没有打过枪，枪里一发子弹也没有。"向导一下变了脸色："这些狼能把方圆几里内的狼都招过来，再这样走下去，说不定咱们都要喂了狼。"连长又看看狼，也有点变了脸色："你说怎么办？"向导说："咱们改变行军路线，向西渡过黄河。狼是以河为界的，大河东西两岸的狼都有自己的地盘，互不往来。"连长犹豫了一下说："我们研究一下。"

部队原地休息，连长、指导员、副连长紧急研究要不要改变行军路线避开狼群。指导员不屑地看了那群鬼鬼祟祟尾随不舍的狼，坚决地说："毛主席教导我们一不怕死二不怕苦，革命战士怎么能被几只狼吓倒？我们出来拉练就是要锻炼克服艰难困苦的意志，遇上几只狼就改变行军路线，这事要传开还不给人笑掉大牙？再说战士们都穿着棉衣背着棉被，要过河就得扔掉棉被弄湿棉衣，渡过河就会把人冻个半死。我坚决反对过河！"连长觉得指导员说得有理。紧急会议的决定是天黑之前必须以急行军的速度赶到宿营地。

二百多人的新兵队伍在领导愚蠢的决定下，以急行军的速度照预定路线前进。天完全黑下来的时候，狼已经聚集了几百只，仗着黑沉沉的夜幕庇护，它们不再鬼鬼祟祟地尾随，而是跑到队伍前面，在队伍必经的大路上把队伍拦住。黑压压的一大群狼，用饥饿的目光盯着队伍，一片闪亮的绿光和白森森的牙齿，逼迫得队伍只得离开大路改走山口小道，而这正是绝顶聪明的狼所要达到的目的。在一排六十二名战士和向导走出山口后，狼群分成了三路，一下就完成了对二百多人分割包围，一路截断山口的出口，另一路包围了一排。一排和后面的二、三、四排完全隔离，狼的成功部署，为吃掉一排创造了极为有利的条件。面对强势的狼群，二、三、四排的新兵们谁也不敢轻举妄动，只能枪上刺地和堵截他们的群狼僵持着。指导员也没了主意，冷汗淋淋地喊着要战士们镇定团结。团团包围住一排的狼群，却毫不犹豫地发起了最野蛮凶残的攻击，瞬时响起了战士的惨叫声和狼的嚎声，血肉横飞的混乱中，一排的战士很快就被群狼的锋牙利爪击溃了，到处是战士们破碎的内脏、残缺的肢体，很多人只剩下一副骨架。截堵二、三、四排的两路狼，再也抵制不住弥漫在空气中血腥味，跑去争食。

不远处人间地狱般的恐怖，让二、三、四排的许多战士吓呆了，他们都是些十八九岁的孩子，哪见过这种惨不忍睹的血腥场面。指导员和连长见堵截他们的狼跑去争食，仓皇下令后撤。一排已够群狼饱餐，便不再追啮二、三、四排。饱餐后的狼群，很快土崩瓦解四散于夜幕中。

事后查点，一排 62 名战士和二排的 4 名官兵及向导，共有 67 人遇难，其中只有 4 具尸体完整。

10 年后，连长升为团长，而团长把当年老虎坡的惨痛经历归结于狼，集结了近 700 人的队伍 7 辆军车，大举开向老虎坡向狼复仇，歼狼无数。

这是一个真实的故事，有资料可查。

猎　豹

烤山鸡的香味引来那东西并且吊了它三天的胃口，此时它的饥饿已经到了无以复加的地步，饥饿渐渐打垮了它的经验，它就要不顾一切地扑出来了……

密林边缘的一座茅屋几乎给大雪压塌了。

雪下了三天，汉子一直在屋内猫了三天。汉子将一只山鸡翻来覆去地在红通通的炭火盆上烤着，山鸡身上的油脂滴到炭火上发出哧哧的声响，让人流口水的肉香味，在清冷的空气中越发鲜浓播远。在这三天里，汉子唯一做的事就是给盆火加木炭烤山鸡。汉子一直侧耳听着茅屋外的动静，凭直觉感到有个灵动的影子在茅屋外窥视徘徊。汉子无声地笑笑。

第四天，雪停了。汉子腰里掖着一条坚韧的黑皮口袋走出了茅屋。茅屋外到处是寂寥的皑皑白雪，汉子的麂皮大靴踩在厚厚的雪上咯咯吱吱地响。天晴冷，雪反射着太阳光，犹如千万面小镜子晃着，刺得人眼疼。围着茅屋有几圈轻盈的兽迹，然后消失于密林里。

汉子仔细察看了一番雪地上的兽迹，然后追着兽迹走去。兽迹在一片灌木丛后消失了。汉子机警地在一棵合抱粗的松树下站住，仔细地看着面前的灌木丛，兽迹过处，灌木丛上的堆雪有些摇落。汉子凭直觉感到灌木丛后面有一双饥饿凶残的眼睛在贪婪地盯着他，汉子甚至嗅到了那兽的腥臊味。汉子定定神，从怀中拿出烤山鸡大嚼起来。黑的灌木茎秆和白的雪中，悄然游移出一双绿荧荧的眼来，渐渐逼近汉子。汉子斜眼睥睨着灌木丛后的那双眼睛，知道烤山鸡的香味引来那东西并且吊了它三天的胃口，此时它的饥饿已经到了无以复加的地步，饥饿渐渐打垮了它的经验，它就要不顾一切地扑出来了。

骤然，灌木丛中飞跃出一物，宛如一支离弦金箭，直射向汉子。汉子看得真切，疾矮身避过，口里夸一声："好 只金钱豹！"金钱豹弓身扑落在汉子身后，将地上的雪溅起一人多高，亮晶晶的雪扬起成一片雾气。汉子丢了烤山鸡，猛地转回身，只一拉就将那条掖在腰间的黑皮口袋拿在手里了。那条身形矫捷的金钱豹也已旋回身来对着汉子，因地上积雪深厚，动作不如往日灵活，它耸肩蹲伏在地，伺机再扑，那最能体现力学美的身体，使汉子不敢小视它。汉子和豹子对峙着，豹子率先失去了耐性，它再次奋力扑向汉子，希望一举将汉子扑倒并咬断汉子的脖子，它的胃空虚得太久了，极需饱餐一顿。汉子就等豹子的这一扑，他抖开黑皮口袋，迎头一兜，豹子整个地跃进了黑皮口袋里。汉子不等豹子在袋子里抓咬，就双手握紧袋口，抡起袋子向一边的松树身上狠力摔去，震得松树上的雪簌簌下坠。汉子使出全身的力气，一气摔了十几下，等袋内的豹子不动了才将袋子扔在一片狼藉的雪地上。

汉子摘下狗皮帽子，头上袅袅冒着热气。汉子歇了一会儿，等心气平静下不，一弓身将黑皮口袋横扛在肩上，麂皮大靴嚓嚓地踩着雪往回走。

猎　兔

当它箭窜出去，在空空的田间前后腿跑成一条直线时，猎人举起枪管极长的猎枪，一声枪响，许多铁砂子从枪管喷出，向着野兔散射去，准能将野兔打翻在地……

秋天的野兔，因为能到处找着丰盛的食物，所以一个个肥得几乎滴出油来。在大部分庄稼从田间收割到家里时，野兔也就少了隐身的地方，常常会看到一只黄褐色的野兔飞快地跑过空荡荡的田间，到另一块孤零零的未收割的庄稼地去。

这时是猎兔的最好时期，无论葱地还是棉花地，只要顺着垄蹚，很多时候会惊动一只肥大的野兔，当它箭窜出去，在空空的田间前后腿跑成一条直线时，猎人举起枪管极长的猎枪，一声枪响，许多铁砂子从枪管喷出，向着野兔散射去，准能将野兔打翻在地。

老三将那杆猎枪整整摆弄了一上午，其实枪好好的，没有毛病。叶子的右眼老是跳，几次跟老三说："不要打野兔了，我右眼老跳，怕不是好兆。"老三仍是摆弄田他的猎枪，叶子都要忘了刚才跟老三说过的话，老三却突然说了："前天我看见咱们那块棉花地里有个兔子窝。"

下午，老三将猎袋背上肩时，叶子忍不住又说："我右眼老跳。"老三没理她，扛了猎枪径直出门去了。叶子呆了呆，自语："右眼跳总没好事。"

叶子去地里摘棉花。老三扛着枪从远处转悠过来，猎袋内瘪瘪的。老三开始在自家棉花地里蹚。叶子说："我来来去去摘棉花，也没有惊出一只野兔，你蹚也白蹚。"老三蹚了几个来回，就坐在地头吸烟，吸完一支烟，又去附近地里蹚。

叶子背对着老三，忽听老三大喊："好肥的兔子。"叶子想回头看看，一声震耳的枪响，叶子顿觉身体给许多小东西穿透，头上也流卜血。叶子还是扭回了头，叶子看见老三的面孔白得像纸，手里仍端着枪管极长的猎枪。

谁也救不了一头驴

三粉也特别依恋老刘，一看到老刘就跑过去又蹭又拱，摇头摆尾地撒欢儿，常逗得老刘喜眉笑眼的……

乔老板在市里开了一家大酒店，主推驴肉，驴肉驴脸驴肝驴肺驴板肠驴蹄筋、滋补大全驴肉火锅，等等，凡是驴身上能吃的，都被烹饪一番后，端到客人面前。酒店的大堂里，挂着大幅宣传画：绿油油的草地上，一头老老实实的毛驴，向着客人瞪着无辜的大眼睛。图下面是吹嘘驴肉好吃滋补的文字，什么天上龙肉地下驴肉，宁舍孩子娘不舍驴板肠。

乔老板为了给自家大酒店供给驴肉，干脆在郊区弄了个养驴场，买下了几十头四五个月大的小毛驴育肥。饲养小毛驴的老刘，是乔

唢呐呜咽

老板的亲舅舅，虽然在市里安了家，但从农村出来的人，自小就对大牲口有感情，一见外甥建了个养驴场，就自告奋勇当了饲养员。驴场的小毛驴因为小，都散养着。老刘吃住在养驴场，整天面对着一群小毛驴，尽职尽责地饲养着。

一天，乔老板给老刘拉来一头小毛驴，小毛驴粉眼眶粉嘴巴粉肚皮，一看就是德州驴中的三粉品种，这种驴长相讨人喜欢。老刘见那小毛驴四肢瘦弱，一副怯生生的小模样，问乔老板："这么瘦小的家伙，怕没有三个月大吧？"乔老板说："不到两个月，胎相不错，好好养养，能出不少肉。"

整个养驴场就数三粉小毛驴瘦弱幼小，但也数它长得可爱，老刘对它很是偏爱，精细饲料尽着它吃，没事就给它梳毛抓痒。三粉也特别依恋老刘，一看到老刘就跑过去又蹭又拱，摇头摆尾地撒欢儿，常逗得老刘喜眉笑眼的。养驴场的另一个饲养员老方，不无羡慕地跟老刘说："这家伙给你惯得六亲不认了，就认你，你一天不来养驴场，它就给我绝食一天，还眼巴巴地瞅一整天大门。"老刘听了嘿嘿一笑，就更偏爱三粉了。

三粉在老刘的悉心照顾下，吹气般肥大起来，不到一年时间，膘肥体壮得超过养驴场所有的驴。乔老板来养驴场，眼光总会落到三粉身上，看得老刘提心吊胆的。乔老板说："舅舅，这头毛驴能出一百斤肉呵，不少了。"老刘就忙说："别急，再养养，会出一百多斤肉的。"乔老板一走，老刘就给三粉减饲料，不让三粉肥得太快，再肥就肥到杀锅里去了。

驴场里的驴，大多养到一年大就可以宰杀了，眼看着其他驴被一一宰杀掉，老刘知道三粉虽有自己护着，总有一天得上屠宰场。乔老板再来驴场选驴杀，老刘仍然拿催肥的话塞搪时，乔老板就生气了："舅舅，我知道这毛驴是你的心头好，可它总究是个畜生，养着它就是杀来吃的，驴长到这个程度，就不容易长肉了，再养下去也是浪费饲料。"

老刘没有办法，只得由老方牵来三粉往运畜车上赶。那辆运畜车，向屠宰场送去活驴，再给乔老板的大酒店拉回来驴肉，上面的血腥味很大。三粉对运畜车有着本能的恐惧，四蹄乱动地向后撤退着，死活不肯上运畜车。老方出了一身汗，都没有把三粉弄上运畜车，喊老刘："别光看着了，它听你的，吆喝上车吧。"老刘只好走过去，他把手刚搭上三粉的脖颈，躁动不安的三粉，立时安静下来，大大的眼睛温驯地盯着老刘，里面满是信任和依赖。老刘叹口气："上车吧，下辈子不要做驴了。"在老刘的牵引下，三粉乖乖地走上搭板。老刘分明看到了三粉眼里流下了一行泪，老刘心中针扎般疼起来，震惊一头毛驴也会流泪，明知道走向死亡，还这么温驯地由老刘牵着上车。

老刘突然做了一个决定，他把三粉推退回地面，问乔老板："这驴多少钱卖？"站在旁边的乔老板没好气地说："不卖，就杀肉。"老刘一脸恳求："你舅没有求过人，为这驴今儿求你一回，这驴你活卖死卖都是卖，随你说个价，我没二话。"乔老板哭笑不得："舅，你还没有到老糊涂的年纪，有谁买头驴回家当宠物养？"老刘铁了心："反正我不忍心你杀它。"乔老板："它是头畜生，要是人我敢杀吗？舅，你别钻牛角尖了，快把它弄上车吧。"老刘一梗脖子："我一定要把它从你的屠刀下救出来，说，多少钱？"乔老板拿老刘没有办法："五千。"老刘牵起三粉向养驴场外就走："驴我牵走，回头给你钱。"看老刘倔头犟脑地牵走毛驴，乔老板有点儿幸灾乐祸地跟老方说："回到家准被我妗子骂个狗血喷头，还得把驴给我还回来。"

老刘牵着毛驴一出养驴场，就犯愁了，一时血冲脑门买下这毛驴，可放哪儿养呢？养驴场离市内十几里，牵头驴连公交车都不能坐。老刘只好牵着毛驴步行回家，走累了干脆骑坐到驴身上，一人一驴晃晃悠悠地沿着马路牙子走。进了市区后，车多人多，毛驴儿时不时受到惊吓，老刘就又牵着它走。

好不容易走到老刘住的小区，小区的保安却不让毛驴进去，说影响小区的卫生。老刘好说歹说，再加上那保安认识老刘，总算让老刘牵着驴进了小区。老刘住三楼，仅有两居室。老刘东看西瞅的，见单元外面的宣传栏那儿能拴驴，就把毛驴拴在了栏杆上，先上楼去见老伴儿通融。

老刘推开房门，就见老伴儿拉着脸子坐在客厅里，老刘猜想准是乔老板报告了他买驴的事，没敢说什么，讪讪地去倒水喝。老刘的水杯还没有举到嘴边，有人敲门，还很急。老刘打开门，居委会的王大姐一头闯进来，高门大嗓地说："你弄只鸟装笼子里，挂哪儿都没有人说你，可把头大毛驴拴到宣传栏那儿，就不应该了，你看看去，它又拉又撒的，都把那地儿糟蹋成什么样了。快点儿把它弄出小区去，要不是保安说这驴是你的，我还找不到主家。"老刘满脸赔笑："好好，我马上牵走它。"王大姐督促说："麻利点儿，该送哪送哪去，咱们小区可是市里的文明小区，不能因为一头驴把这荣誉丢了。"

王大姐一走，老伴儿冷笑一声，说话了："你外甥说你驴脾气犯了，花五千块钱买回家一头驴。亲娘老子也没见你这么上心养过，倒弄回来一头畜生养老送终。猫呵狗的，我还能容忍，这样一个庞然大物，你也不看看放哪儿养着？趁早给你外甥送回去，这事根本没有商量的余地。"老刘小心地说："我都把驴牵回来了，再送回去就是自己打自己嘴巴呵，要不我租个农家院，把驴放那儿养着？"老伴儿气不打一处出："你脑子真被驴踢残了，我们两个日子过得紧巴巴的，儿子还要买房子，你竟拿钱给头驴租院子去？"老刘："我实在不忍心这头驴被杀。"老伴儿："老刘呵老刘，它是个畜生，总有被人杀掉吃肉的一天。"老刘伤心地说："我怎么连头驴都救不了呵？"老伴儿肯定地说："谁也救不了一头驴，因为这是它的命运，就算你不顾一切救下一头驴，别的驴仍然会被杀掉吃肉，除非人类不再吃驴肉。"老刘难过得说不出话，也驳不倒老伴。老伴儿教训完老刘，就拿起手机给乔老板打电话："来车拉回你的驴吧，你舅舅同意把驴送回去了。"

虫　殇

斗盆里琥珀青丢开残破不堪奄奄一息的"黄飞虎"，傲然长鸣，鸣声中带着铿锵的金属音儿，缺了半截的长须不断往四周摇摆扫动着，神态极是自负……

魏城以前没有玩蛐蛐儿的风尚。

1911 年清帝逊位后，宫里的太监被遣散了很多，也有一些太监看清朝帝国大势已去回天无力，借机偷携宫中值钱物件提前逃出宫去。这些离开皇宫流落民间的太监，大多晚境凄凉，其中多积蓄下钱财的或者从宫中带出值钱物件的，境遇还好点。魏公望就是比较幸运的一个，回到老家魏城后，买了一处不错的宅子，过起了深居简出的生活。

魏公望自小家境穷困，十二岁那年，因为有个远亲在宫中当着带班首领，央求了去，就被提携进宫了。魏公望在宫里的名字叫小望子，等小望子变成了老望子时，满清王朝的黄色三角龙旗却变成了红黄蓝白黑的五色旗。

魏公望在魏城落下脚后，终究改不了太监的习性，做事谨慎很少与人交往，但他有一个嗜好，喜欢玩蛐蛐儿，他的蛐蛐儿都是自己抓的。蛐蛐儿昼伏夜出，魏公望经常会雇用人在晚上给他提灯拿东西一块儿去田间、树林、城墙根下抓蛐蛐儿。魏公望抓蛐蛐儿绝不是随意抓着一只就要的，他的讲究十分苛刻，在有月光的夜里，虽然到处是蛐蛐儿唧唧吱唧唧吱的叫声，可往往忙活了多半夜，竟抓不到一只他中意的。昏暗的马灯只能照亮不大的一块地儿，魏公望的圆脸给这灯光照得白苍苍的。人走灯移，循声找到蛐蛐儿的藏身处，看那蛐蛐儿品相不错，魏公望才用小网兜一罩，将蛐蛐儿抓在手了，会再看看，觉得有几分满意了才放进带着的一节空竹筒里，筒口用棉花塞住。有一只蛐蛐儿让魏公望一连找寻了七天八夜才抓到，他如获至宝，根据蛐蛐儿头上的颜色取名琥珀青。没人清楚魏公望有多少只蛐蛐儿，反正他的居室里到处摆着蛐蛐罐，经常是一室虫鸣充耳塞听。

那年秋天，直系军阀吴佩孚的第一旅旅长李崇喜占据魏城，此君除了打仗就喜欢斗蛐蛐儿，为了得到一只好蛐蛐儿，竟肯拿姨太太去换。魏公望玩蛐蛐儿的名声，在魏城是人人皆知的，因为没人会为了抓几只蛐蛐儿玩而雇人侍侯这侍候那的。城防无事，秋天又是斗蛐蛐儿的大好时节，李崇喜在魏城四下张贴了告示，又许重金奖赏，可魏城的人向来不崇尚斗蛐蛐儿，应者寥寥。李崇喜要的是魏公望来斗蛐蛐儿，哪知这个前清太监只是自己把玩蛐蛐儿，根本不想人前显摆。李崇喜耐不住性子了，直接派人通知魏公望带上最善斗的蛐蛐儿参赛，否则便是对他李崇喜的不敬。

魏城旧衙门前，黑压压地围了许多人，中间摆了张平整光洁的桌子。阔脸浓眉的李崇喜向长着一副面团脸看起来像个富态老妇人的魏公望一伸手："请。"魏公望略弯腰虚垂着眼帘说："您请。"李崇喜让人把他那罐绰号"黄飞虎"的蛐蛐儿摆上。"黄飞虎"长着一副极好的品相，黄头黄板牙，项阔身大六爪粗壮，一看就是千里挑一的骁将。魏公望不慌不忙地自袖中端出一个瓜皮绿的蛐蛐罐，罐上面题有"古燕赵子玉制"，仅这罐就让李崇喜不敢小瞧了魏公望。康熙年间名家赵子玉制作的蛐蛐罐，在清末就值一百块大洋了，其用泥之细制作之精湛，一般蛐蛐罐难望其项背。魏公望将蛐蛐罐放到桌上，就有人将两罐中的蛐蛐儿并进斗盆里。斗盆底上铺着一层柔软的白色草纸，中间有架竹篾做成的精致小栅栏，分隔开两个即将掐架的雄性蛐蛐儿。魏公望的蛐蛐儿长着一颗琥珀青的长圆大头，配着一副乌金钢牙。懂行的只要看看斗盆中两只蛐蛐儿的品相，就知道这场掐架必会残酷异常。

拿走斗盆中间的小栅栏，李崇喜和魏公望各据桌子一面，探头看视斗盆内。李崇喜终究是行伍出身，率先拿蛐蛐探子撩拨"黄飞虎"的口须，以招其怒引领着它去掐架。蛐蛐探子也有讲究，在一根竹篾头上绑一小段鸡毛翎管，翎管内插上三五根有弹性的毛，杆最好用紫檀木的，毛是从活的灰鼠嘴上拔的胡须。"黄飞虎"给探子撩拨得勃然大怒，甩开大板牙蹬腿鼓翼地冲向琥珀青。琥珀青的两根长须犹自向四周缓缓扫动，虽是端立不动，但一股杀气已然溢出。"黄飞虎"快钳如飞，嚓地一口就咬住了琥珀青，但它咬住的是琥珀青的黑色大板牙，琥珀青奋力一甩，就把它掼开了，"黄飞虎"回身再战。琥珀青开钳间牙飞一线，不露牙根，这是上佳的钳型，开合极快，往往容不得对方还口。

两只蛐蛐儿死死地纠结在一起，一副旗鼓相当的样子。斗盆上方，魏公望和李崇喜的脑袋都要抵在一起了，魏公望还能沉住气，李崇喜的额上却渗出一颗颗黄豆大的汗珠来，因为他的"黄飞虎"渐处下风了，却誓死不肯退败。斗盆里散落下的零碎爪脚、触须、翘翅，绝大多数是琥珀青从"黄飞虎"身上咬下的。

胜败已然分明，斗盆里琥珀青丢开残破不堪奄奄一息的"黄飞虎"，傲然长鸣，鸣声中带着铿锵的金属音儿，缺了半截的长须不断往四周摇摆扫动着，神态极是自负。

李崇喜死死地盯着他那已然惨死的"黄飞虎"，心疼得脸色都变了："这可是我用一个姨太太换的！"魏公望将琥珀青收到他的瓜皮绿的蛐蛐罐里，仍是略弯着腰虚垂着眼帘，越发显得谦恭地向李崇喜说："您承让了。"李崇喜又心疼又恼怒，冲着魏公望破口大骂："你个连鸟人都不是的阉人得意什么！皇帝小儿不也被我们赶下台了吗？今儿你把这蛐蛐儿和罐留下，什么都好说。"一句阉人骂得魏公望脸色惨绿，他缓缓直起身，平端着手中的蛐蛐罐问李崇喜："你不就是想要这蛐蛐儿和罐吗？看好了。"说完，他忽然反手将蛐蛐罐摔在石板上，瓜皮绿的蛐蛐罐顿时碎裂一地，罐中的琥珀青竟能安然无恙，大概受了惊吓，怔怔地爬在碎瓷片上。魏公望撩起长衫，抬足一脚踩下，并用脚掌狠狠旋了半圈，生生将一只可遇不可求的神品蛐蛐儿踏为肉泥，然后扬长而去。李崇喜只看得目瞪口呆。

魏公望回到家后坐在椅上，只觉心中憋闷难受两腿发软，就让佣人扶他躺到床上去，哪知他这一躺下就起不来了，病情迁延一日重于一日。魏公望知道生命到头了，向佣人安排后事："我死后把我房间里的这些蛐蛐儿全给我放进棺材里，我在宫里专为皇上侍弄了几十年的蛐蛐儿，离不开它们了。"佣人奉承他一句："难怪您养的琥珀青那么厉害，只几下就把李崇喜掐死了。"佣人故意把李崇喜的蛐蛐儿说成李崇喜。魏公望慰心地一笑："天下不宁，致使竖子成名，若论斗蛐蛐儿，他怎是我的对手。"说到琥珀青，魏公望的眼神凄迷起来，"可它被我一脚踩死了。"说过这句话，魏公望再不说一句话，神情极是废颓，沉沉睡去。睡到半夜，魏公望忽然大叫佣人："快去捉住我的琥珀青，它在院子里叫！"佣人吓了一跳，睡眼惺忪地走到院子里，外面月光一片银白，静悄悄的，哪有蛐蛐儿的叫声。佣人回到房间才要告诉魏公望院子里什么也没有，却发现魏公望两眼圆睁已经没有了气息。

魏公望死后不久，就传开了魏公望在宫里的职责是专门侍弄进贡给皇上玩的蛐蛐儿，那些被魏公望雇用过抓蛐蛐儿的人，慢慢琢磨出了魏公望相蛐蛐儿的门道，于是，魏城的人都热衷于玩蛐蛐儿了。

鹰

　　他在它的腿上牢牢绑了一个精巧的骨哨，每当高空的风锐利地从骨哨贯过时，它就发出嘹厉凄长的声音……

　　他由开始的不大出门，到后来偃卧床上，精神日渐萎靡，整天陷在昏昏沉沉的状态中。

　　忽然有一天，他听到一阵嘹厉的哨声从院子的上空传来，他的精神为之一振，让妻子出去看看是不是有一只鹰在外面。妻子疑惑地出去看了看，回来说什么也没有。他不信，说明明听到了骨哨的声音。妻子怀疑地看着他："幻听了吧？"他仔细听听，真的没有刚才那嘹厉凄长的哨声了，就沮丧地闭上眼睛："也许它飞过去了。"他接着陷在昏昏沉沉的状态中。

　　这次他不仅听见了嘹厉的骨哨声，还看到了一只大鹰盘旋在院子的上空。他再次睁开眼跟妻子说："它真的在外面。"妻子又走出去看了看，回来再不信他的话了，妻子说："哪里有鹰，麻雀也不见一只。"

　　很多年前，他捡到过一只受伤的大鹰，并且精心地救治了那只大鹰，他在它的腿上牢牢绑了一个精巧的骨哨，每当高空的风锐利地从骨哨贯过时，它就发出嘹厉凄长的声音。那只大鹰的伤痊愈后，他就将它放飞了，在放飞大鹰的最初几天，他听到过几次嘹厉的骨哨声，也看到过几次它雄姿勃发凌驾长空的影子。

　　这么多年过去，按一只鹰的寿命推算，他曾救治过的那只大鹰就算得享天年，也早寿终了。可他还是那么清晰真切地听到了骨哨声，确信那只大鹰就在院子的上空盘旋。他只得一次又一次地跟妻子说："它真的回来了。"妻子却说："那只是你的想象。"

　　他一辈子没出过远门，年轻时给平庸的工作固定在岗位上，老了又病魔缠身。他在救治那只大鹰时就羡慕鹰那搏击长空俯视天下的气势。这么些年过去，他心里从没有忘记过那只大鹰的雄姿。

　　他再次陷入昏昏沉沉中，等他觉得又一次给骨哨声惊醒时，他无力地跟妻子说："还是把它赶走吧，它闹腾得我心神不定。"

第三辑 今古传奇

性格鲜明的人物，离奇诡谲的情节，最大限度地吸引着读者的眼球。江湖恩怨一波三折，奇谈怪论闻所未闻。身怀异术绝技的奇女，行事让人激赏赞叹；忠肝义胆的男儿，重信诺行肩担道义。唐传奇一开传奇先河，后世几成滥觞，但无论影视剧还是纸质故事，传奇依然是人们最喜欢的。

走马灯

马匹衔首接尾地分两队奔出，很快挤挤挨挨成了一大片，只见浩浩荡荡铺天盖地奔涌过来，不知几千几万……

民国年间，河北屯留镇的夏氏宫灯，在当时的名气很大，许多豪门大户的宅第，以能挂上夏氏宫灯为荣。在清朝，夏氏宫灯是专门给皇宫制作的，因为用料讲究工艺繁巧，所以纯手工制作的夏氏宫灯，不能大批量生产。

夏氏宫灯的工艺传承人夏无思，是个二十出头的年轻人，身材瘦弱眉秀眼水，制作出的宫灯，尤其是走马灯，精巧绝伦，只是为人不善语言不喜交际。

夏氏宫灯制作坊的老掌柜死后，父业子继，夏无思责无旁贷地接管了作坊。由于夏无思做人过于低调，往往连正常的商业洽谈都不参加，甚至一连几个月不巡视自家作坊，作坊里的几十号工人，上至账房先生，下到打杂的，看少掌柜只管自己制灯笼，不管日常经营，乐得旷工早退营私舞弊，把作坊里的好东西偷摸回家里。不多长时间，作坊的经营就显出了衰败景象。

那年，太行山上的大土匪老北风，过五十寿诞，指名要一百盏夏氏宫灯。夏无思接了订单后，一检点作坊里的备料，傻眼了，父亲生前囤积的紫檀、楠木、黄花梨等上佳木材，眼下连点儿下脚料都没有了，只他个人的工作室里有些儿存货。要知道夏氏宫灯之所以享有美誉，有一半是质材贵重的原因。屯留镇在太行山下，山上的老北风，是个杀人不眨眼的魔头，退单一定会惹他恼火，说不定招来杀身大祸。

夏无思一筹莫展地想来想去，最后想到了一个人，尹雪豹。尹雪豹不是一个商人，说准确点儿，尹雪豹是屯留镇的一个豪强地主，但不恶霸。尹雪豹的爷爷，是清末光绪朝的武状元，在屯留镇广置田产。尹雪豹不仅继有了祖产，还继有了祖父剽悍的武风和侠义精神，是屯留镇上的一杆正义标志。

夏无思一身青衫，像个文弱书生般去拜见尹雪豹。尹雪豹寸发劲挺西装雪白，倒像个洋派十足的老板。

尹雪豹听明白夏无思的来意后，想了一想说："一千块大洋不是个小数目，整个屯留镇，都知道夏老弟不善经营，把个好端端的作坊，搞成一副日薄西山的景象，我担心借出去的钱会打了水漂。"

夏无思红了脸，低着声音说："订单已接，交了工后，就能钱货两清，我接了钱就连本带利还你。"

尹雪豹："你拿什么抵押？"

夏无思："夏氏宫灯制作坊。"

尹雪豹："我对你的作坊不感兴趣，再说你那作坊里还有什么值钱的东西？"

夏无思的脸涨得血红，并且现出了怒色，他紧紧地咬住了嘴唇，一声不响转身要走。

尹雪豹突然笑了："慢着，你只要答应我一件事，我就把一千块大洋白送你。"

夏无思站住，疑惑地看着尹雪豹。

尹雪豹："给我制作一盏夏氏走马灯。"

夏无思意外尹雪豹的要求如此简单，信誓旦旦地说："走马灯我会做出最有夏氏风格的，另外，一千块大洋不少分毫奉还。"

夏无思从尹雪豹那儿拿到一千块大洋后，购料进货，督促工人忙忙碌碌赶制一百盏寿灯。夜以继日地工作了十天后，一百盏制作精良的宫灯，终于全部做了出来。夏无思长出一口气，准备第二天把一百盏灯笼交工。不知是人为还是天意，夜里，存放宫灯的库房，突然起火，而且越烧越大。左邻右舍纷纷起来帮夏家灭火，防止火势蔓延，半个屯留镇都被惊扰了。尹雪豹家离夏氏宫灯制作坊不远，也带了人来灭火。

等大火被扑灭，一百盏宫灯全被烧毁了。夏无思呆盯着宫灯残骸，说不出一句话，只觉胸中气血撼荡，血自鼻中流出，身子摇摇欲坠，正感无可傍倚，旁边一只大手，牢牢托扶住他的臂肘：

"夏老弟，火烧去的只是身外物，庆幸人口平安啊。"说这话的是尹雪豹。

夏无思把目光从宫灯的残骸上移开，转盯住尹雪豹，只是盯着，仍是一句话也说不出来。

尹雪豹叹口气："老北风那儿，我去给你摆平，一千块大洋，我说过白送，你只要得闲给我做一盏走马灯，我就欢喜不尽了。"

夏氏走马灯，是夏家的招牌灯笼，制作工艺秘不外传，只有夏无思掌握着这门绝技。走马灯由雕刻精致的黄花梨木做支架，再由薄透如蝉翅的大鱼鳔蒙箍，两层十六面，每一个屏面上绘有一匹昂首奔驰的骏马，外层灯罩上的八匹马马头向左，里层灯罩上的八匹马马头向右，点上蜡烛后，里层屏面受热右转，外层屏面则向左转，看上去两队骏马由里向外奔出，络绎不绝声势浩大，仿佛有千万匹之多。

一百盏宫灯被毁，血本无归，补做也没时间，夏无思自知无力偿还尹雪豹的一千块大洋，只有倾尽心血给尹雪豹制作一盏独一无二的走马灯。夏无思振作精神，把自己关起来，雕刻灯架、打磨鳔面、精绘马匹、布置机关，等等等等，一时间忘记了外面混乱的世道。

尹雪豹说要替夏无思摆平老北风，还真当了一回事，他派人拿了礼品，去跟老北风说情，希望免了夏家做灯的差事。老北风听了十分生气，说三天后没有寿灯交来，就马踏屯留镇。尹雪豹知道老北风是以寿灯为借口，看中他尹家财产是真，就算没有寿灯这档子事，老北风迟早也会打劫尹家的。

夏氏宫灯制作坊的工人，一风闻老北风要马踏屯留镇，谁也不想惹祸上身，全都逃离了夏氏宫灯制作坊，临走顺便把夏家能拿的东西捎带了个干净。尹雪豹听说后，长叹一口气，亲自去夏家，把惶恐无依的夏无思，接到尹宅保护起来。夏无思还是老样子，一遇事就说不出一句话，只会拿了秀气惘然的眼睛看尹雪豹。尹雪豹拿软弱的夏无思没有办法，又不忍呵责，再叹一口气，说："你接着做走马灯，在我这儿没人敢打扰你。"

从安置夏无思的房间里走出来后，一个背着步枪的家丁，不满地跟尹雪豹说："都要打起来了，姓夏的还做什么灯笼。"

尹雪豹淡淡地说："不让他做灯笼，让他干什么。"

老北风的人马说来就来了，呼啦啦一大群，骑马端枪地包围住了尹家，要钱要粮，数目巨大，明摆着往死里逼尹雪豹，不给就要硬攻强打。尹家的大宅院，幸亏先辈建造成了防御型，射击孔、角楼什么的都有，持枪的家丁四下一布置，老北风的那帮乌合之众，还真不容易攻破。

白天，土匪们在外面砰砰放枪，夜晚，围宅宿营，想着办法又挖又炸，要破了尹家的铜墙铁壁，都被尹雪豹带人乱枪击退。老北风看一连五天没有攻下尹宅，气炸了肺，调来更多人马，还拉来了两架土造炮，摆足了声势要炮轰尹家大院。尹家大院内的人，都有一种走投无路的绝望感。

那天黄昏，足不出户的夏无思，推开饰有黝黑蝙蝠的花雕门，走到院子里，茫然看了一会儿惶乱的人们，没有人理他，他走开几步，去倾听高墙外的喧嚷。

尹雪豹带人匆匆走过来："夏老弟还是回屋吧，别给流弹伤了。"

夏无思竟然说："外面吵得太凶，也该静一静了。"

一个家丁恨恨地说："要不是因为你家灯笼，老北风怎么会来打我们。"

尹雪豹喝住家丁："不得无礼。"

夏无思看着尹雪豹："你去哪里?"

尹雪豹："去大门楼上看看老北风今晚怎样闹腾。"

夏无思："我也去。"

尹雪豹："外面人马野蛮,你看他干什么,倒吓着。"

夏无思："这事因我而起,也该由我终了。"

尹家大门楼的对面,架着两尊土造炮,老北风发话,说给尹雪豹一个小时,再不答应缴纳钱粮的条件,就炮轰尹家大院,杀戒一开,鸡犬不留。

尹雪豹从门楼上下来后,二话不说召集家丁三十多人,准备骑马持枪冲出大门,只要近距离厮杀,老北风的土造炮就失去了威力,尹家就有保全的希望。

天完全黑了下来,三十多名家丁骑在马上,只等大门一开,就冲杀出去拼死一搏。

这时,夏无思推着一盏大灯笼过来,那灯笼一人高,双层十六面,上绘各色骏马,一匹匹昂首奋蹄,正是夏氏走马灯!只是灯罩外面没有了流苏等精巧装饰,因此更大幅面地张扬出了马匹的怒驰。

尹雪豹惊问夏无思："你这是干什么?"

夏无思从容说："给你助阵。我把这灯立在大门口,灯烛点亮后,你们再冲杀出去。"

夏无思说完,打开大门,把灯笼推到门外,点燃灯罩内手臂般粗的蜡烛。门外的土匪,不知道夏无思搞什么花样,一个个伸着脖子,远远地向这边看稀奇。

走马灯被点亮后，先是放射出柔和的红光，很快变成了闪烁刺眼的七彩光，光照数丈外，内外两层画屏开始转动。对面的土匪，后面的尹雪豹及众家丁，都看到了夏无思从灯笼里走了出来，飘飘逸逸的神仙一般。在夏无思的身后，一匹骏马长颈高扬地奔向左边，另一匹骏马奋蹄右驰，鬃毛飘拂。马匹衔首接尾地分两队奔出，很快挤挤挨挨成了一大片，只见浩浩荡荡铺天盖地奔涌过来，不知几千几万。

老北风的人，全被这庞大的马阵吓傻了，怎么也想不通这些马是从哪儿来的，人人挣扎逃命。

那一战，老北风的数百土匪，竟然被尹雪豹带领三十多人，打得伤亡过半，连老北风也被尹雪豹击毙在了马下。此后，老北风的残部，再也不敢踏进屯留镇半步。

战事一结束，尹雪豹第一个要找的人就是夏无思，但夏无思已经依靠着不转的灯笼气绝身亡了。夏无思身上无伤，面容平静寂寥。有人告诉尹雪豹，说战事快结束时，看见夏无思和那些马匹，重新走回了灯里。

丧葬人员在给夏无思穿敛衣时，竟然发现夏无思是个女子。

鼓　手

短髭人一言不发地接过鼓槌，双臂沉稳地起落交替，擂出的鼓声雄浑恢宏，震慑人心。潘云松突然感到脚下震动，地下隐隐像有雷声滚动……

唐朝天宝十四年八月,长安外教坊司的乐师潘云松,到昭应县(今临潼)办事,办完事看天色已晚,就找了家旅店住下。他一个人闲得无聊,晚饭后站在店门口看景色。

有一个服饰古怪的人,经过店门口时,盯着潘云松看。潘云松被看得不自在,转身想回店去,那人却赶过来拉住潘云松说:"你真是长安教坊司的潘云松啊!"潘云松看看,想不起是谁。那人只管拉着潘云松高兴地说:"你不认识我了?"潘云松不好意思说不认识,随口说:"认识,认识。"那人就更高兴了:"今晚天魔楼有精彩演出,你一定要跟我去看看。"潘云松问:"天魔楼是什么地方?"那人拉了潘云松边走边说:"去了你就知道了,我还要把你引荐给一个人。"潘云松身不由己随了他去。

天色越来越暗,不知走了多远,两人来到一座豪宅前。那衣饰古怪的人,向门子报了姓名,潘云松这才知道他叫谢大年。门子恭敬地让两人进去。

谢大年领着潘云松,熟门熟路地向里走。大宅尽处,有座三层高的大楼,楼上四面八向挂满了灯笼,那景象说不出的富贵奢侈。二楼有笙管丝弦声,大纱窗上剪影出摇曳的舞姿。

谢大年领着潘云松上到二楼。二楼华屋深广,满堂铺着一张厚氍毹,一班乐师席地而坐,吹管拨弦地奏着乐器。正堂上方,竟然还摆着一张床,隔着床纬,隐约可见里面一人躺着。

谢大年让潘云松先待在画屏后,找机会再把他推荐上去。潘云松问:"这是什么地方?"谢大年说:"天魔楼。"

一队穿白衣的舞伎进来,个个脸上蒙着白纸,只露两眼,在低缓阴郁的音乐中,手脚线提似的节节折动,跳起诡异而又悲伤的舞蹈。

潘云松从未见过这么邪门的舞蹈，看得毛骨悚然。

这时，床帏撩起，里面坐起的，竟是一个贴黄花描斗眉的美人儿。谢大年忙跟潘云松说："机会来了。"说完，紧走几步，到美人面前施礼回事，又用手指了指潘云松藏身的画屏。潘云松知道是说他了。

美人让潘云松站到近前，问他："你就是那个被皇上称为快手的？"潘云松说："正是小人。"美人挥手让那队鬼魅的白衣舞伎下去，吩咐侍从抬上一架大羯鼓，跟潘云松说："听说你鼓技精湛，我这儿也有几个会打羯鼓动的，你们可同时打起，看他们能不能跟上你。"原来，潘云松是外教坊司里，最擅长打羯鼓的，当今皇上李隆基，又对羯鼓情有独钟，一次见潘云松，把面羯鼓打得如同急雨骤落，没有人能快过他的鼓点，大是赞赏，连呼好快手。因此，潘云松有了快手的美名。

潘云松不敢推辞，拿起鼓槌，和对面四个鼓师，一起打起鼓来。随着鼓声，上来一队穿大红衣服的人，戴着暴睛獠牙的狰狞面具，举手踊跃地舞蹈着。潘云松的羯鼓，打得流畅激烈花样繁多，而那四个鼓师的鼓点，却渐落下风。潘云松心想，再加把劲，就把那四个鼓师比下去了。潘云松的鼓点越打越快，鼓点之间都听不到停顿了。打着打着，潘云松忽然发现对面多出一个奇怪的鼓师来，那多出的鼓师留着短髭，面相憨厚身材魁梧，头上歪梳着椎髻，服饰古朴。潘云松弄不明白，他是怎么坐到对面的。没人注意多出一个奇怪的鼓师，这楼上奇怪人多的是。

鼓师因为跟不上潘云松的节奏，一个个知趣地歇了手，只有那个留着短髭的鼓师，丝毫不落下风地紧跟着。潘云松暗觉吃惊，想不到在小小的昭应县，竟有这样技艺高超的鼓师。更让潘云松吃惊的是，短髭人已经不在亦步亦趋地跟着他了，而是不易觉察地快那么一点点，把潘云松诱引向更激扬大气却简约的节奏。

在澎湃人心的鼓声中，轻衣窄袖的美人，光脚下到猩红的氍毹上，回风舞雪地跳起了《胡腾》。潘云松见过的舞伎多了，跟长安城内一流的舞蹈家，也多有相识，可能把《胡腾》跳得这么清劲飞旋的，还真是少见。

《胡腾》跳完，鼓声停歇，美人香汗微浸地向潘云松说："我很久没有跳舞了，因为他们的鼓声，不能像你的这样振奋人心。你打鼓的技艺，堪称天下无双，我要赏你珊瑚一支，黄金百两。"潘云松连忙说："惭愧，还有比我打得更好的。"他刚想说出短髭人，却四下看不见短髭人的踪影了，短髭人消失得像出现时那么突然。

接下来，又是一些奇异的舞蹈，直到午夜才结束。所有乐师、舞伎，吃过丰盛的夜饭后，那些外面进来的人，一拨儿一拨儿地走出了豪宅。潘云松一直留心着，再没有发现短髭人在这些人中间。出来时，谢大年跟潘云松同路，潘云松实在忍不住了："谢兄，我真的想不起以前在哪儿见过你。"谢大年笑笑说："三年前在歧王府里见过的，那时你就是各王府的座上客了，而我只是一个坐在下面打板儿的。那年腊月，你见我手指冻得通红，特意给我端了一壶热酒，让我暖身子。"潘云松仔细想想，还真给一个打板儿的同行端过一壶酒："你一说我想起来了，还真是老相识。我们刚出来的又是哪家宅邸？"谢大年说："那是长信公主的私宅，她府上虽然蓄有舞伎、乐师，可我们这些外面的乐师，时不时要被她召去应差，数我在她府上走动最多。"

潘云松在长安见过不少王子公主，可从没有见过长信公主，却听过她不少传闻。长信公主精于舞蹈，曾是健舞大家公孙大娘的徒弟，本来很受父皇李隆基的喜爱，因为在选驸马时，违逆了李隆基的意思，硬是下嫁给了骠骑将军，惹得李隆基很不高兴。偏这骠骑将军还屡屡犯颜直谏，到处搜集安禄山要反的消息，忧国忧民地一再上奏。李隆基根本不相信安禄山会反，一怒之下杀了驸马。长信公主又能跟杨贵妃不和，遂带着丧夫之痛，搬出了长安城，郁愤幽怨地居住到了昭应，常用怪异的歌舞，来表达她心中的愤恨不平。

谢大年跟潘云松在旅店门口分了手，潘云松刚要进旅店，身后忽然有人说："请潘先生再赐教。"潘云松回头见身后站着一个高大的汉子，背上扛着一个大鼓，细看竟是那个鼓艺高超的短髭人。

"今夜月明星稀，我想请先生到郊外击鼓。"短髭人的话很诚恳。潘云松高兴地说："半夜站在郊外，是最适宜击鼓的。鼓声能远传十里的，才是一个好鼓手，我们试试，看谁的鼓声传的更远。可都半夜了，去郊外的城门关着啊。"短髭人说："这个不妨事，我跟守城门的兵士认识，城门现在那里为我们开着。"

两人到了城门那儿，城门果然开着，却不见开城门的兵。潘云松心里闪过一丝疑惑，也没有多想。出城后，他们来到一片空旷地，短髭人找了一块地形稍高的地儿，放下大鼓："潘先生先请。"

潘云松使出全身力气擂了一通，鼓声清烈透远，传出去不止十里。一通鼓后，潘云松把鼓槌交给短髭人。短髭人一言不发地接过鼓槌，双臂沉稳地起落交替，擂出的鼓声雄浑恢宏，震慑人心。潘云松突然感到脚下震动，地下隐隐像有雷声滚动。他正惊疑着，短髭人住了鼓声，地面也不浮动了。

潘云松惊奇极了："我从来没有听过这么雄壮的鼓声。"短髭人憨厚地说："这是行伍中简单的调子，哪能跟先生的相比。不再叨扰先生了，我送您回去吧。"潘云松说："我又不是怕走夜路的女人，只要城门还开着，我自己走回去。"短髭人说："城门还在为先生开着，先生走好。我们还有再见一面的缘分。"

两人拱手作别，潘云松走了几步，回头看，短髭人已经不见了，不由叹说："真是个奇人。"

潘云松回到旅店，只睡了小会儿，天就亮了。吃早饭时，潘云松问店小二，昭应有没有长信公主的私邸。店小二说有，而且这长信公主生性乖张，近来行事尤其怪异。听店小二这么说，潘云松也就不再惊疑昨晚上的经历了。

回到长安后，潘云松向人说起给长信公主打鼓的事，教坊司内有那嫉妒他才能的，借此诬告他在长安城内进出豪门，实际上是长信公主的耳目。于是，他被逐出教坊司，不许在长安城内王公大臣家走动。

潘云松正走投无路，谢大年找到了他，说既然给你捏造了罪名，干脆坐实它好了，长信公主很欣赏你，让我特意来请你。潘云松只好投靠了长信公主，在她的府上当了一名乐师。

这年十一月，三镇节度使安禄山，在范阳造反，十五万精锐人马，所向披靡地直扑长安。天宝十五年六月，李隆基带着杨贵妃仓促逃出长安，往四川避难去了，长安城内许多皇子王孙，被他遗弃不顾，更不要说住在昭应的长信公主了。

叛军包围了昭应城，守城的兵力远远不够，整个昭应城陷在绝望的恐慌中。

长信公主穿戴起驸马的盔甲，亲自带着府中所有成年的男子，来支援守城的将士，潘云松也在其中。长信公主的支援小队登上城头时，守城兵将的士气，一下子被鼓舞起来了。长信公主看城外叛军密密麻麻，不计其数，不由心凉了一半，暗想："与其坐等城破受辱而死，不如战死沙场痛快，也不枉了这一身的武艺。"主意拿定，在守城的将士中，挑选出二百精骑，随她出城迎战，并要潘云松在城头，给她擂鼓助阵。

以长信公主为首的二百精骑，一驰出城门，潘云松就在城头上擂起了战鼓。叛军先是被唐军冲乱了阵脚，但很快就稳住了局面，把长信公主他们分割包围起来，不一会儿就把长信公主的人马，斩杀过半。潘云松从未打过仗，眼下血腥的杀戮，吓得他手脚发软，连鼓槌也拿不起来了。

"潘先生，让我来打。"一双有力的大手拿过去鼓槌，却是面相憨厚的短髭人，他穿着古朴的军衣，和唐军装束很不相同，看起来怪怪的。"你也当了兵？"潘云松惊喜地问。"我一直是当兵的，在军队中做鼓手。"短髭人说完，狠力击鼓，通通的鼓声，差点把潘云松的耳朵震聋。应着鼓声，远处仿佛有地雷滚动，这奇怪的声响，很快传延到了城头，以致城头都晃了起来。突然，战场上地陷沙溅，无数高大强悍的骑兵，穿着和短髭人一样的服饰，举着金钩铜戈和旗帜，从地下腾跃出来。叛军被这诡异的劲旅，践踏得人仰马翻死伤惨重，溃退百余里。

叛军败退，战鼓停息，那神威的骑兵，顷刻没入地下，连同刚才擂鼓的短髭人，也不见了。城头上的唐军，看得目瞪口呆，都不知道是哪方神圣。

长信公主率残部死里逃生，担心叛军再来报复，于是大开城门，让昭应的军民倾城出逃。

平定安史之乱后，继任皇帝肃宗召集旧人，潘云松依然回到了教坊司，长信公主也受到了新帝很好的待遇。

昭应（今临潼）紧依骊山，而秦始皇的陵墓，就在骊山脚下。潘云松遍查史籍，虽然没有发现有关秦始皇兵马俑的记载，但那支神秘队伍打着的旗帜上，却分明写着秦字。所以潘云松相信，那突然冒出来的诡异骑兵，是秦始皇的地下军队，而短髭人是地下军队中的鼓手。

丑丫头

丑丫头把两杆沉重的大刀并在一只臂弯里，轻描淡写地说："都住了吧，再打下去就出人命了。"说完分开目瞪口呆的众人，轻若无物地提着两杆大刀回家去了……

柳园镇武举人昝香斋的家里，有个黄发黑面相貌丑陋的丫头，因为不受昝香斋的喜欢，平日就干些洒扫庭院劈柴担水的粗活，沉默寡言的，一天不说几句话。

那年，昝香斋和青石街的魏匡正打赌，看谁能把镇外将军坟前的一个石人，扛到镇里的观音庙前，赌注是两匹枣红大骡子。

说起来，昝香斋和魏匡正，真是一对活冤家。清朝时，武科录取相对公正，民间习武成风，昝香斋和魏匡正拜的是同一位师父，两人不仅身材相似，马上步下的功夫，更是出自一辙。在三年一次的乡试中，他们力挫全省的武秀才，分别获得第四名和第五名的好成绩。一个柳园镇同时出了两个武举人，本是相映生辉的事，偏他们互不服气，得第五名的魏匡正，每每讥讽昝香斋侥幸居在他前面，这话说多了，就传到了昝香斋的耳朵里，于是就有了扛石人的赌约。

武举人扛石人了！柳园镇上听说这事的人，纷纷跑到将军坟前看热闹，连昝香斋家里的丑丫头也去了。将军坟里埋的是清朝神勇将军王伏波，王伏波的儿子本来也是在京做官的，因为犯了事，被流放到新疆去了，这坟也就没人管了。

昝香斋和魏匡正的腰里，都系着巴掌宽的银兽头腰带，往那儿一站，雄赳赳的。将军坟前有一对拱手侍立的石人，真人般大小，少说也有七八百斤。昝香斋双手持定石人晃了晃，石人应手摇动，他心里就有底了，马步蹲裆扎牢下盘，发声喊："起！"硬是把那生根般的石人，斜扛在他宽大的肩上，略定定神，迈开大步稳稳当当向镇里的观音庙走去。看热闹的人为他的大力齐声喝彩，人群里唯有丑丫头一声不响地皱了皱眉头，谁也没注意她这个看起来不高兴的神情。

魏匡正将衣襟的前摆，撩掖在腰带里，如法炮制，扛起石人追赶前面的昝香斋去了。人群又是一阵喝彩声。

将军坟离观音庙足有一里远，两个肩负石人的大力士，虽然逞一时之勇扛起了石人，但要走完一里地，绝非易事。走到一半路程时，就气喘吁吁了，等勉强将石人扛到观音庙门口，脸都憋成酱紫色了。放下石人后，他们箕坐在观音庙门口的石阶上，相互看看，知道这一局分不出胜负了。魏匡正等气息不那么粗重了，得意地向昝香斋笑说："我这个第五名，可没有落后你这个第四名一步。"昝香斋故意说："有种再赌把石人背回去。"魏匡正忙摇手："往回走不到一半，我们都得累吐血，这玩意儿已经难分胜负了，不如明儿在这里比刀术，你要是不敢比，就直接送我两匹骡子好了。"昝香斋呸一口说："女子养的才不敢比。"两人就这么说定了，又歇了一阵子，各人趔趄回家，丢下两个石人不管了。

第二天，昝香斋家的一个仆人，大早从观音庙门口经过，见昨天从将军坟前扛回来的石人没了，就把这件蹊跷事告诉了昝香斋。昝香斋很是奇怪，特意去将军坟上看了看，那两个石人竟然好端端地站在原来的位置上。昝香斋仔细察看了坟前的印迹，根本就没有车轮印，难道是石人自己走回来的？

很快，柳园镇就传开了一个神秘的说法，有人说天蒙蒙亮时，见一个人左右两腋各挟持一个石人，出柳园镇去了，因那人脚步飞快，又遮着脸，没看清是男是女。这话昝香斋不信，魏匡正也不信，扯淡，两个武举人都快累散架了，才从将军坟扛回一个石人，这柳园镇上谁又能一次搬走两个石人？姑且存疑，当务之急是在观音庙前的空地上比刀术，那不仅仅是输赢两匹枣红大骡子的事，实际上是决定今后谁是柳园镇老大的事。

昨天的扛石人，已经大大激起了柳园镇百姓的兴趣，今儿越发想看个输赢。观音庙前的空地上，早早就聚起了一堆人，而且人越聚越多。

昝香斋来时，魏匡正已在那儿候着他了。昝香斋带着他赖以成名的大刀，那刀生铁浇铸，重达一百二十斤，刀头六十斤，刀身六十斤，一人多高，一般人拿不动。魏匡正的大刀也很威风，长杆阔刃重逾百斤，往场子中一竖，森冷冷地透着凉意。这刀是武科必考的项目，两人都擅长舞大刀。

一个老者出来说："刀枪无眼，两人拿的都是厉害家伙，今儿不比攻守厮杀，只比砍木球。"说着，当众布下六个木桩，上面逐一放置木球，木球从馒头大一直到小如弹珠。魏匡正说声："我占个先。"持刀过去，好像看也没看第一个木球，举刀就是一下子，木球连带着木桩，应声裂为两半，紧接着刷刷刷，六个木球和木桩全被砍开了。围观的人只顾伸着脖子看得出神，忘了叫好，过了好一会儿，才轰地叫起好来。魏匡正满脸得意。这时，一个女子忍不住笑出声来说："当众劈柴啊。"魏匡正循声看去，竟是昝香斋家的那个丑丫头，不由疑心她受了昝香斋的指使，故意嘲笑他的，心里就有些恼怒，遂向昝香斋说："该你了，我是个劈柴的，你倒砍个新鲜样给大伙瞧瞧。"

昝香斋不竖劈木球，而是横削，厚重锋利的大刀片子，从木球和木桩间削过，木桩不倒，木球落地。这样的刀法，奇就奇在举重若轻，分寸掌握得极准。观看的人连声叫好。魏匡正却在一边冷笑说："你也不过一个弹小珠的。"昝香斋向来爱面子，魏匡正的出言不逊惹恼了他："这当然是些雕虫小技，你敢和我比画几招真格的？"魏匡正当即摆好刀式："就怕你不敢。"昝香斋呜地一刀劈头盖脸砍过去，魏匡正横举刀杆稳稳架开。两人攻守杀伐起来，两杆雄沉的大刀呜呜生风寒光闪闪，当事人稍有不慎，就有可能被对方的大刀齐腰斩为两截！围观的人看得脸上的颜色都变了，避之唯恐不及，哪敢上前一步。

昝香斋和魏匡正，因为分不出输赢，越杀越气急败坏，一刀比一刀凶猛，全是玩命的招数，看来不砍倒一个是不会罢休的。围观的人干着急，却没有办法将两人分开。

就在众人连连退避不迭时，昝香斋家的丑丫头却走进了场子里，走进了刀锋所及的范围。场外的人都呆住了：这个丑丫头真是不要命了！也不见丑丫头如何动作的，眨眼间，两杆大刀的刀杆，全被她抓在手里了，她轻轻地向怀里一带，昝香斋和魏匡正身不由己就撒了手。丑丫头把两杆沉重的大刀并在一只臂弯里，轻描淡写地说："都住了吧，再打下去就出人命了。"说完分开目瞪口呆的众人，轻若无物地提着两杆大刀回家去了。

魏匡正惊骇地说："真是天外有天，我们还逞什么强，徒留笑柄啊。"昝香斋比魏匡正更惊骇："闻所未闻的神力！"

昝香斋回家后，找来丑丫头盘根问底，丑丫头先是不说，后来叹口气说："我已经露了行藏，柳园镇是不能再待下去了，不妨告诉你真相。我是神勇将军王伏波的孙女，隐迹在你的府上，那两个石人是我送回爷爷坟上的。"

虽然昝香斋百般挽留，第二天还是不见了丑丫头，自此再没人知道丑丫头的去向。

影　魂

东方秀的后背是那么细腻温滑，魏起之的第一感觉竟是刚才摩挲那张皮革的感觉，这感觉好奇怪，竟能在这时引起他想在上面雕镂的冲动……

冀南的魏起之，出身于皮影世家，祖上从事皮影雕镂可追溯到清代，那时皮影正极盛于河北。到了魏起之这一代，已是二十一世纪，皮影早已退出历史大舞台，但被列入国家非物质文化保护名录，连同魏起之也成了受保护的艺人。魏起之雕镂出的皮影，实在精绝得夺人心魄。

在小城的繁华地带，有魏起之的两间工作室，他雕镂的皮影倍受海内外收藏家的青睐，"魏起之工作室"也跟着声名远播。在他的工作室里，本来有一个助手，因为生病辞职了。皮影的制做流程是首先选用上等兽皮，经过刮、磨、洗、刻、着色等二十四道工序，手工雕镂三千多刀才成。如此大的工作量，没有助手的帮助，烦琐的程度是可想而知的，况且魏起之正倾尽心力雕镂一套《水浒》人物，这工作已进行了将近十年，一百单八将就剩下十个人物了，光着手雕镂前的准备工作就花费了一年多时间，虽说就要大功告成，可还有很多工作要做，缺少不得人手，所以魏起之紧急招聘助手，美术院校毕业的优先。

广告一贴出去，就有一个长眉细目的女子来到"魏起之工作室"，自称毕业于省美术学院，对这儿的工作很感兴趣，希望能当魏起之的助手。魏起之看了她的毕业证和她带来的一些画作，觉得很满意，就留下了她。

女子名叫东方秀，皮肤白皙身材窈窕，有极好的美术功底。魏起之手把手教东方秀制作皮影，东方秀极其聪明，很快就掌握了所有的工序。魏起之制作皮影前，很重视选料，他亲自去养牛场挑选那些六岁左右毛色光滑皮肤无损的黄牛，宰杀后剥出上好的兽皮，再把兽皮泡制、刮削、打磨制成半透明的皮革，然后才在皮革上绘制旋刻成各种人物的影子，影子雕完，开始敷彩，色彩大多是魏起之采用当地的矿植物做成大红大绿杏黄等鲜艳明亮的颜色，给影子上彩后效果异常绚烂。脱水后缝缀，最后装上签子，一件皮影就完整地制作出来了。魏起之为了把一百单八将各自的特色表现出来，都翻烂了两部《水浒传》，他交给东方秀的活儿，一定要按他的要求完成，不能容忍一丝疏忽，雕镂、上彩、缝缀，尤其是在活动关节刻出轮盘式的骨眼，这些重中之重的工序，都是魏起之亲自动手，交给东方秀的活儿也就是刮磨皮革、脱水等。

在魏起之的贮藏室里，有许多牛皮，连魏起之也不清楚在近十年里他用了多少张牛皮，他泡制、刮磨、雕镂它们，皮革的好坏，他的手一摸便知，尤其是经过东方秀刮磨出的半透明皮革，柔韧得让他都想捂在心口，他自己都没有刮磨出过这样绝佳的皮革，在这样光滑玉润的皮革上雕镂，简直是种享受。

一百单八将中，只有三个人是女的：母大虫顾大嫂、一丈青扈三娘、母夜叉孙二娘。魏起之浓墨重彩地设计着她们。

在一个阴雨缠绵的下午，东方秀将一张刮磨好的皮革放到工作案上。魏起之正伏在案上用刀细细地雕镂着影子。东方秀说："这张也好了，质感真的不错。"说着俯下身去看魏起之手下正雕镂着的影子，她离魏起之很近，魏起之只觉她吐气如兰，不知怎的身上少有地燥热起来。因为是下雨天，工作室里没有人来，只有魏起之和东方秀。魏起之摸了摸那张皮革，皮革非常透明，柔韧得几乎可以称得上温滑，这么绝佳的品相和质感，连魏起之也是头一次遇到，他真想捂在心口。他心里忽然激动起来，手饥渴似地在那张皮革上摩挲着。东方秀的手按在案子上，连魏起之也不明白他是有意还是无意，反正他竟然摸到了东方秀的手上。东方秀微笑地看着魏起之，神态不拒不迎，魏起之的胆子就大了，将东方秀揽入怀内，双手从后面伸进东方秀的上衣里，在她的背上摩挲着。东方秀的后背是那么细腻温滑，魏起之的第一感觉竟是刚才摩挲那张皮革的感觉，这感觉好奇怪，竟能在这时引起他想在上面雕镂的冲动。

一个美国富商在看了魏起之的皮影后，极是喜欢，用一百万元人民币订购下来，说好等雕镂完三个女人后就取走。

送走美国富商后，东方秀一反往常的温婉，冷冷地问魏起之："你真的要卖吗？"魏起之觉得她的神情有点反常："我就是靠这手艺吃饭的，我不是一直在卖吗？我不卖它们挣钱，哪里弄钱给你开工资？"东方秀说得有点风马牛不相及了："那些皮都是上好的。"魏起之回到案边继续他的工作："我选皮向来都选上好的，那些牛都是我亲自相看过的。"东方秀的神情明显郁冷起来："你在它们身上刻了多少刀？"魏起之头也不抬地说："每件作品的完成，都不少于三千刀，否则，就不是一件精雕细琢的好作品。"东方秀冷冷地看着魏起之，直到魏起之回身向她要刮磨好的皮革。

东方秀拿给魏起之的就是他想捂在心口的那张，皮革透明得几乎能穿过目光。每件皮影高约一尺左右，这张皮革刚好够做三个影子。魏起之早已将三个女人的形象了然于胸，画过小样觉得满意了，就开始在皮革上绘制旋刻。

当最后一件作品装上签子，魏起之终于结束了他历时十年的宏大工程。一百单八将各具特色，没有一个类似的，若是绘画，还能比较容易做到各不相同，可这是皮影啊，连魏起之也意识到日后就算再花费十年雕镂一套，也决不会出新了，他的才能已经止于此了。魏起之将皮影全部拿出来，案上、桌上、椅上摆满了，就挂在工作室里，一时整个工作室里，到处都是绚丽得逼人眼目精致得夺人心魄的皮影。魏起之看着自己的作品，不知怎的竟流下了眼泪。

为了庆祝完工，魏起之买了好些吃的东西，排满了一桌子，又开了一瓶白酒。两人对坐，魏起之不知道东方秀竟然这么能喝，她也不用魏起之让，只管端起来一饮而尽，一杯接一杯，还频频向魏起之照底。魏起之也放开了量喝，两人很快就干完了一瓶，再开一瓶，很快又完了。魏起之不胜酒力，只觉得晕晕乎乎眼前的景象都要颠倒了。东方秀大概身上燥热，先是脱下了外衣，后来连内衣也脱了，就剩下胸罩。魏起之醉眼蒙眬地看了一眼东方秀，这一看惊得酒都醒了，踉跄站起，围着东方秀看了一圈：东方秀的前胸后背上赫然贴着母大虫顾大嫂、一丈青扈三娘、母夜叉孙二娘的皮影，色彩绚丽得炫人眼目。魏起之急了，上前用手去揭，抠摸了半天，才发觉是文在身上的。东方秀笑得上气不接下气，眼泪都笑了出来。魏起之含混不清地说："原来，是，是文在身上的啊，谁把我的作品给你纹了上去？"东方秀笑得怪怪的："是你雕镂上去的啊。"魏起之真的醉了，只说了一句"我只在牛皮上雕"就扑在床上睡死了。

美国富商来提货了，当魏起之打开箱子让他验收时，发现少了三件皮影——顾大嫂、扈三娘、孙二娘不见了，但更怪异的事在后面，那些精美绝伦又极其柔韧的皮影，竟然在阳光下迅速褪去了光艳的色彩，全都晦暗得辨不出了颜色，皮影朽糟得像出土文物，手一触碰就成了一片渣渣。

怎么这样了？！魏起之骇异得目瞪口呆。这时，东方秀脱去上衣，露出背上逼人眼目的文身。魏起之瞠视良久，只觉心闷气闭，咕咚一声向后栽倒。

人　偶

　　木偶竟是活人，如此骇异的事，简直闻所未闻。江大敢和所有
在场的人，惊骇得眼珠子都要掉出来了……

　　泉州江大敢，以雕刻提线木偶闻名，他那精湛的技艺，冠绝一时。
　　福建泉州的提线木偶，高约二尺半，是闻名世界的中国民间工
艺珍品。制作一尊木偶，一般来说有十几道工序：选材、粗坯（刻
画五官）、精雕、裱纸、磨光、补隙、刷泥、上粉、开脸（描绘脸谱）、
盖腊等。每尊木偶上设置十六到三十多条纤细悬丝，悬丝集中于交牌，
表演时，艺人那繁复奇妙的线工，将一尊尊服饰鲜明表情生动的木
偶操纵得无所不能妙趣横生。
　　每年农历八月八日至十二日，是泉州提线木偶戏的大集会，这
一集会历史悠久规模宏大，历经百余年而不衰，天下提线木偶戏的
艺人云集泉州，共襄盛事。人山人海中，到处都是表演提线木偶戏的，
有成规模成建制的木偶戏剧团，有三五个人组成一班的江湖艺人，
更有那单人匹马自己操纵自己吆喝的，形形色色五花八门。集会上
的艺人，跑江湖的占多数。
　　"民国"七年八月十二日，也就是泉州提线木偶戏集会的最
后一天，江大敢已经在集会上逛游几天了，不是观摩就是和那些
艺人切磋。集会上展示的提线木偶，虽然平庸之作居多，但也不
乏精品。木偶讲究的是头坯，多为樟木刻制，也有椴木、柳木的，

以轮廓清晰线条洗练为佳，开脸盖腊后，就越发眉眼传神形象逼真，尤其是一些神形酷肖的精品，提拎出来简直就是一个个活生生的小人儿。

在集会的最后的一天，人们争先恐后地去围观一个演线戏的人，江大敢费了九牛二虎之力才钻进人群的里圈，里圈的中间是驾带有结实包厢的大马车，一个络腮胡子的大汉正在场地上操纵一个粉雕玉凿样的娃娃木偶转动一把小伞，打伞、转伞、收伞，这样高难度的线工活儿，那个貌似粗笨的络腮胡子竟然操纵得随心所欲毫不费力。围观的人爆发出阵阵叫好声，赏钱雨似的撒进场地，连见多识广的江大敢也觉得匪夷所思，这么灵活的关节这么精准的动作，活人表演也不过如此，这络腮胡子的线工实在了得，这木偶也做得实在机巧。络腮胡子一共表演了四个木偶，每表演完一个就放进车厢里，不给人细看触摸的机会，也许他太爱惜自己的木偶了。江大敢十分惊诧那四个木偶精准的动作和灵活的眼睛，他想起了业内关于提线木偶的很多诡异传说，最诡异的一种就是说有的怪人在雕刻木偶时，寻来死婴仔细剥下整张人皮，用特殊手法披蒙在木偶上，再设置下极其巧妙的机关，制作出来的木偶就可以像活人一样走动。更有骇异的，找不到死婴，就盗来活婴剥皮。江大敢仔细辨认着木偶，它们外露的肢体上虽然涂着粉彩，看起来跟假人似的，可那些瞒不过经验丰富的江大敢，如果不是人皮裹制，不会有那么好的质感。"这个江湖妖士，不知祸害了多少小孩子！"江大敢决定去报案。

江大敢找到当地的官府，说闹市里正有一个妖士用人皮裹制的木偶演线戏。这样怪异的事，官府也是第一次听说，当即派人将络腮胡子连人并车带回了衙门，审讯时发现那四个提线木偶根本就不是人皮裹制的，而是四个活生生的小孩子。四个貌似小孩子的小人儿，神情恐惧地站在大堂上，口不能发出一言，手足等系提线的部位，都被勒出了深深的沟痕，茧皮很硬。木偶竟是活人，如此骇异的事，简直闻所未闻。江大敢和所有在场的人，惊骇得眼珠子都要掉出来了。

为什么将这些孩子当木偶要？他们又是谁家的孩子？络腮胡子开始不招认，但经不住大刑伺候，很快就一五一十全招了。原来这些孩子全是他盗来的，盗来时三四岁，给他们吃一种特殊的药，吃后再不长身体，一直是三四岁的样子，然后训练他们各种线戏动作，几年后能表演了就再让他们吃一种发不出声音的药，以防开口说话露出破绽。络腮胡子把他们称为人偶，带着他们到处骗钱，只有到了夜里或者没人的地方，才放可怜的人偶从马车里出来放放风。那几个人偶看起来三四岁的样子，其实都有十一二岁了，这些年一直被络腮胡子当木偶操纵着摆布着。

这比用人皮裹制木偶更惨无人道更令人发指，人偶事件传出去后，整个泉州的人都愤怒了，一致要求处死络腮胡子。

络腮胡子被判了死刑，本来要枪毙他，因为民愤太大，就找来一个老刽子手，用一把生了锈的大刀，硬生生砍下了他的脑袋。

这是"民国"七年，发生在泉州最离奇的一件案子。

不射之射

此后，没有人再看到过纪昌使用弓箭，但纪昌住的房子却箭气冲天，连最凶猛的鹰也不敢从上面飞过……

当邯郸的纪昌背着他那张上好的白杨木弓，来到这座恶寒荒戾的山上时，那个传说中的老人已经在山顶等着他了。

老人弓身鲐背形如枯木，头上的白发几乎拖到了地上，目光却宛如绵羊一样温顺。纪昌心里的失望就像强弩之末的箭矢，毫无力道地在标的面前坠下。纪昌想不明白师父飞卫为什么让他来见这么一个老朽得一阵风就能吹倒的老人，就算这看不出究竟有多老的人真的是师父飞卫的老师甘蝇，他这样还能教自己什么呢？况且自己又是名满天下的第一神箭手。

甘蝇看穿了纪昌的心思，指着悬崖边的一块危立欲坠的石头说："善于射箭的人，能持定平静物我两忘，你敢站在那块石头上射鸟吗？"纪昌看看那块摇摇欲坠的石头，犹豫了一下，还是走过去站到了上面。山是那么高，以致望下去山脚下宽宽的河流就像一根细长的带子。纪昌想不到甘蝇会拾起一块石子快如疾矢地掷向自己脚下的石头，纪昌吓坏了，急忙跳下来。石头给石子撞滚下山去，纪昌摔在悬崖边，手脚并用才狼狈地爬上来。

甘蝇说："动的最高境界是不动，言的最高境界是不言，射的最高境界是不射。年轻人，你还是没有忘记自己处在危险之中。"这时，

唢呐呜咽

天空中掠过一只凶猛的大鸟，甘蝇问纪昌："你不用箭能射下那只鸟吗？"纪昌摇摇头。甘蝇就做出个拉弓射箭的姿势，正飞着的大鸟一头从天上栽落下来。纪昌不由瞠目结舌，恍惚看到了一副旷世绝伦的弓箭。

纪昌留了下来跟着甘蝇学射箭，在那十年里，没有人知道纪昌是怎么跟着甘蝇学射箭的。十年后，纪昌学满出师，邯郸城的人再也找不见十年前那个弓不离身英姿勃发的年轻人了，只看见一个两手空空面无表情行动迟缓物我两忘不知是衰竭还是永恒的修行者。纪昌的师父飞卫看到纪昌的形容后，激动地说："你已经法从天地，把自己溶进了自然，再不需要借助外物来达到目的了，我不如你啊。"

此后，没有人再看到过纪昌使用弓箭，但纪昌住的房子却箭气冲天，连最凶猛的鹰也不敢从上面飞过。

有一次，纪昌到朋友家去，看见桌子上有一个物件眼熟，却怎么也想不起是什么东西，就问朋友："这是什么东西？"朋友以为他在说笑话，就笑笑没回答。纪昌很认真地问第二遍："告诉我这是什么东西。"朋友惊诧地看看他："你真的不知道它是什么？"纪昌说："真的不知道。"朋友说："那是一张弓啊。"纪昌这才依稀有了点印象。

武　生

　　"麻家班"的演员中，有个叫梅如海的武生，是一个少见的靓角儿，就算不上妆，一张脸也能英俊得逼人眼目。这武生不仅身手矫捷，刀枪耍得风雨不讲，而且唱腔清朗韵调悠扬……

　　闻名京津的"麻家班"，有次在京城郊区演出时，班主麻贤良，见一个穿着半旧长袍马褂的中年人，对演出评价不高，就讥讽中年人是乡巴佬，一天也请不起"麻家班"，供应不起演员顿顿吃大鱼大肉。中年人冷哼一声，说要是这么着就好那等着，说完拂袖离去。

　　大戏唱完，"麻家班"准备装箱挪地儿时，麻贤良突然接到一单大生意，北京城的豪托王爷，请"麻家班"到王府唱一百场大戏。看来"麻家班"要发横财了，有这等好事，还不赶快去。

　　戏台搭在王府的后花园里，一开戏就显出诡异来。唱这么大的戏，空荡荡的戏台下面，正中央只坐着一个王府主管，死盯着台上，一脸挑剔相。演员们在诧异中唱完一场戏，吃晚饭时，只有大鱼肥肉，没有米面青菜。演员们放开肚腹大吃，慨叹王府就是财大气粗。

　　唱第二场戏时，台下除了那个主管，依旧没有旁的观众。演员们戏唱得寂寞不说，大鱼肥肉吃得他们直反胃，吃饭成了受苦刑。

五天后麻贤良沉不住气了，这事明摆着不对劲儿，找主管问王府吗事要唱一百场大戏？主管正眼不瞅麻贤良，说就为王爷喜欢，让你们进府唱戏，王爷可是花了大价钱的，不要以为没有人看就取巧偷懒，我可是看着呢。

"麻家班"的演员中，有个叫梅如海的武生，是一个少见的靓角儿，就算不上妆，一张脸也能英俊得逼人眼目。这武生不仅身手矫捷，刀枪耍得风雨不进，而且唱腔清朗韵调悠扬，是"麻家班"的台柱子。

那天夜场戏唱完后，梅如海卸了装走到假山那儿，听到有人低声叫他："梅如海，你过来。"梅如海循声看去，假山的阴影里，站着一个丫鬟打扮的女子，向他招手。梅如海疑惑地走过去："你叫我？"女子递给他一个食盒，梅如海在月光下打开食盒，里面竟然是一大盘子炒青菜和两个雪白馒头。二十天没见青菜和馒头了，梅如海感动得差点掉下眼泪："这些，是给我吃的？"女子点点头："以后我天天给你送。"

给梅如海送饭的丫鬟叫小月，是王爷最小的女儿如意格格的贴身丫鬟，受如意格格指派偷偷给梅如海送盒饭。如意格格每天晚上，都会在清风阁里偷看梅如海演戏。"麻家班"的演员们，经不住天天大鱼大肉地吃，一个个坏了肠胃，不是拉肚子就是呕吐，演出时精神萎靡四肢无力。只有梅如海依旧生龙活虎，满戏台干净利落地翻打扑跌，格外显得与众不同，这引起了麻贤良的疑心。

"麻家班"只有唱满一百场戏，才能离开后花园获取自由。麻贤良撑不住劲了，越琢磨越觉得再唱下去凶多吉少。社会上传说豪托王爷是个笑里藏刀心狠手辣的人，"麻家班"怎么得罪他了，这么软刀子杀人地整治几十号人？

麻贤良费尽心机，终于有一天，他爬墙偷看到豪托王爷的真面目，吓得他差点从墙头上摔下来，豪托王爷竟然是他骂为乡巴佬的中年人！

麻贤良跟主管说话的语气，谦卑得近于哀求："爷，我们命贱，吃不惯大鱼大肉，能不能换成粗茶淡饭，没青菜，老咸菜也成。"

主管慢条斯理地说："王爷要我好好招待你们，我哪敢降了饭食的档次。"

麻贤良都要给主管跪下了："顿顿大鱼肥肉，会吃死人的，拉肚子拉得他们脸都绿了，哪有力气唱戏。"

主管一脸惊奇："不会吧，那个演武生叫梅如海的，不就挺精神？"

麻贤良痛苦地说："您老人家替我求求王爷，小的不敢要戏钱，只求王爷放了我们。"

主管毫不通融："王爷说过，必得唱够一百场才能走人。"

求告无门，麻贤良急得像热锅上的蚂蚁，突然脑中灵光闪现，想到了梅如海，整个"麻家班"里怎么就他精力充沛？

小月再给梅如海送饭时，说如意格格在牡丹苑的两间净室里等他。梅如海十分感激如意格格的暗中照顾，就跟小月去见如意格格。在宫灯红亮亮的光照下，如意格格安静地坐在椅子上，银白的脸上，秀眉美目好像画上去的。梅如海不敢正视如意格格，拘束地垂手站着，小月知趣地退了出去。梅如海见净室内就他同如意格格两人了，更加手足无措。

如意格格仔细看了梅如海好一会儿，看得梅如海额上都渗出了汗，她却忽然细声唱起来："良夜迢迢，良夜迢迢，投宿休将门户敲。

遥瞻残月，暗渡重关，我急急走荒郊。"韵调清伤荡气回肠，竟是林冲《夜奔》中的武生唱词。一时感触了梅如海，禁不住接唱："身轻不惮路途遥，心忙又恐人惊觉。吓得俺魄散魂销，红尘中，误了俺，五陵年少。"

一段唱完，两人目光相对，瞬时拉近了心的距离，就都有了情意。如意格格站起身，打开桌子上的大饭盒，从中一一端出素菜米饭："特意给你准备的，慢慢吃。"这顿饭吃的时间好长，足有一个时辰。

麻贤良再看到主管时，十分机密地说："府上的如意格格，跟我们的武生梅如海好上了，再不放我们走，这乱子就大了。"

主管变了脸色："掌嘴，这事你也敢乱说。"

麻贤良真的打了自己一个嘴巴，接着说："牡丹苑的两间净室里，夜戏散后，爷亲自看去。"

两天后，主管拿给麻贤良一张硬弓两支毒箭，说是豪托王爷的意思，要想离开王府，就看麻贤良敢不敢下手了。

等梅如海唱独角戏《夜奔》时，麻贤良在台下的黑暗处，向着台上瞄准，然后拉弓射箭。梅如海中箭倒下，台上顿时一片混乱。清风阁里，传出如意格格一声惊叫，更是瘆得人头皮发麻。

梅如海死后，"麻家班"很快离开了王府。紧接着如意格格疯了，每天晚上在王府的后花园里唱"良夜迢迢"，听到的人都觉得心酸。

再后来，如意格格投井自尽，王府里的人，在夜里还是能听到后花园里有人唱"良夜迢迢"，听声音却是一男一女两人在合唱。恍恍惚惚中，又有锣鼓琴弦声，十分热闹。

午门展

车厢里零零落落地坐着几个人，还一个个扎着脑袋打盹儿。夏思思在一排空荡荡的椅子上坐下，睡意蒙眬地闭上眼睛。一种典雅醇和的香气，凭空散发出来，直钻夏思思的鼻翼……

南京天地珠宝集团在北京的形象代言人夏思思，近来很有些神思恍惚心情郁积，曾经海誓山盟的男友，另结新欢弃她而去。这年，北京的冬天奇冷，那些四合院老民居的屋檐下，拖挂着的冰凌足有一两尺长，没有不得已的事，谁也不情愿起个绝早耸肩陷颈地摸黑出门。夏思思这段日子临时加班，每天要坐早晨四点多钟的地铁上班。

二号线的隧道幽深风凉，等待乘地铁的就夏思思一个人。地铁说来就到了眼前，门无声开启，夏思思踏进车厢。车厢里零零落落地坐着几个人，还一个个扎着脑袋打盹儿。夏思思在一排空荡荡的椅子上坐下，睡意蒙眬地闭上眼睛。一种典雅醇和的香气，凭空散发出来，直钻夏思思的鼻翼。夏思思敏感地睁开眼睛，不知何时，身边竟然坐下一个年轻男子。那男子看起来二十多岁，穿着一袭光滑水溜的黑色貂皮大衣，手上戴着品相极佳的绿玉扳指，面目俊美英气，只是脸色过于苍白，也许是车厢内灯光映照的缘故。

夏思思奇怪：怎么突然间多出个贵气逼人的男子来？地铁并没有停站，也许这人是从对面移坐过来想跟她搭讪的。

黑衣男目不斜视地端坐着，仿佛身边就没有夏思思这个人。地铁很快到了前门站，黑衣男起身准备走出车厢。夏思思不禁被黑衣男的高贵气质吸引，怔怔地看着黑衣男，一时竟有些儿失态。黑衣男冲夏思思微微点点头，露出一个优雅温和的微笑后，转身走出了车厢。

夏思思看看手表，刚好早上五点钟。冬天这个时间，如果没有路灯，外面会黑得伸手不见五指。夏思思再看看车厢内的几个乘客，一个个昏沉着神情，待着副瞌睡不醒的面孔，谁也不关心下去了什么人，又上来了什么人，也许根本就什么也没有看到。车厢里那股典雅醇和的香气，一直到夏思思走出地铁，还能嗅到。

再过几天，故宫午门展厅，要举办为期一周的珍宝艺术展，即故宫珍宝和宫外现代珍宝联展。夏思思受总部的委托，要在故宫午门展厅，展出浴火凤凰和荆棘鸟。夏思思觉得胜出的把握不大，能不能另有胜出的捷径呢？

夏思思再次坐地铁时，大睁着眼睛观察乘客，车厢里不多的几个乘客，一个个呆模死样地处在渴睡状态。地铁到了宣武门站时，车厢门无声地打开，像是专为恭迎黑衣男的到来，黑衣男仪态万方地步入车厢，有意无意地坐到了夏思思的身边。车厢里瞬时弥漫起了典雅醇和的香气，这香气让夏思思神思恍惚，看黑衣男的目光就点儿发痴。

黑衣男见夏思思抱着一个包："什么宝贝？"夏思思竟然向一个陌生人打开包，拿出两个半尺高的艺术品："浴火凤凰和荆棘鸟，五天后要在故宫午门展厅展出，我担心它们不能引起人们的注目。"

黑衣男接过两件珍品，饶有兴趣地把玩着，它们雕工非凡纤毫毕现，赤焰绕身的浴火凤凰，凌空高蹈羽片旖旎。身贯长刺的荆棘鸟，在深伤剧疼中啼血倾情歌唱。

　　黑衣男说："想不引人注目都难。"夏思思对黑衣男的好感，极像爱情突来，不可阻挡毫无理由，话空前多起来，说的多是浴火凤凰和荆棘鸟。黑衣男支耳倾听，时而点头嘉许，俊目中流露出脉脉柔情，这越发让夏思思对黑衣男痴迷。夏思思问黑衣男叫什么名字，黑衣男说他排行第五，弟兄们都叫他老五。

　　地铁很快到了前门站，黑衣男说："我要下车了，如果能帮上你什么忙，我会不遗余力的。"夏思思本来不在前门站下车，但她被黑衣男吸引着，身不由己地随黑衣男出了车厢："我也在这儿下车。"

　　夏思思随黑衣男从地铁出口走上地面，地面上一片黑蒙蒙的，街灯竟然一盏也不亮，好像整个北京城在大停电。箭楼、前门城楼两相对峙，黑衣男领着夏思思从前门门洞下穿过。在过门洞时，里面车马喧嚷人影幢幢，都向着故宫方向而去。夏思思努力辨识，只能勉强识出他们戴大圆帽穿宽长衣服，显然不是今人打扮。

　　夏思思心中疑惑，出了门洞后，停住脚步问前面的黑衣人："你在哪儿上班？"黑衣人回头说："里面。"黑衣人说的显然是故宫里面。夏思思越觉不安："你天天这么早来上班？"黑衣男说："我这还是晚的，你刚才见的那些人，他们来得更早，往往三更天就得赶过来在午门候着。"

　　夏思思更觉惊疑，不敢跟黑衣男再走下去，转身从门洞里跑到大道上。这时华灯齐亮，刚才所见一扫而光，大道上车辆渐多，人气渐旺。夏思思定定神，怀疑自己刚才是不是梦游了，忽然想起浴火凤凰和荆棘鸟，包里空瘪瘪的！夏思思差点吓晕过去，今天是送展的最后一天，东西送不过去，就等着被总部问责和免职吧。

夏思思苦苦回想细节，黑衣男没有把浴火凤凰、荆棘鸟交还她，她倒迷迷糊糊随黑衣男下车来到了这儿。夏思思心里痛悔交加，只觉五内如焚气血上涌，鼻子突然冒出血来。

夏思思没有向总部报告丢失浴火凤凰、荆棘鸟的事，她豁出去了，倒要看看结局怎么样。

故宫午门珍宝艺术展如期举行，夏思思带着复杂的心情前去参观，展厅内到处充盈着珠光宝气，展品分两个区，一是故宫明清珍宝区，一是现代珍宝区。在故宫区，有许多参观者围在两个展品前指指点点，个个面露惊奇咂舌称怪。夏思思知道出现了不寻常的东西，跟过去看稀罕，这一看，她比别人更显得瞠目结舌，那两个展品竟是她丢失的浴火凤凰和荆棘鸟！更吊诡的是展品下方的简介，金字正楷地写着："浴火凤凰、荆棘鸟，南京天地珠宝集团荣誉出品，曾为大清乾隆帝第五子爱新觉罗永琪把玩。"

如果是工作人员失误，把现代珍品放进了故宫区，还算有情可原，可把简介用赫赫金字写成了穿越剧，谁敢开这样的玩笑？

展厅的工作人员，紧急把浴火凤凰、荆棘鸟送回了现代珍宝区，并把简介做了更改。可第二天，浴火凤凰、荆棘鸟又神秘地出现在了故宫区，连简介都是老样子。

办展方找到曾经报展的夏思思，夏思思说了黑衣男的事。办展方说乾隆帝最喜欢五阿哥爱新觉罗永琪，永琪文武双全，可惜二十六岁时英年早逝。永琪活着时被封荣亲王，每天早朝参政，荣王府在今宣武门内太平湖西侧。清代京城大员，早朝时都从前门入皇城，至午门候进。

夏思思从网上百度到永琪画像，一如黑衣男般俊眉朗目肤色白皙。

来年春天，夏思思逛一家叫"桢楠轩"的珍木店，忽然嗅到一股典雅醇和的香气，这熟悉的香气让夏思思怔住了。店主说那是极品小叶桢楠散发出的香气，也就是金丝楠木，因为是阴沉料，才有沉香般的高贵气味。金丝楠木在老年间，多用来做皇宫家具，更是皇帝亲王的专用棺椁材料。

夏思思摩挲着泛着绸缎般光泽的木材，不可遏止地想起了黑衣男，在这个春意融融的下午，两滴清泪从夏思思的眼中悄然滑落。

狮　女

在响遏行云澎湃人心的鼓号声中，狮女郭小然身披雪白狮被，下穿雪白狮裤，脚蹬金爪蹄靴，手执漂亮威武的狮首，摇头摆尾进入场地……

慕水镇是座千年古镇，因地处北方，民风剽悍习俗粗犷，舞狮是古镇的一项悠久传统，更是古镇一绝，前有"瑞狮班"、"武狮社"，今有"北狮团"，皆是名震邻近省县的班团。

郭公然是"北狮团"的掌门人，此老年近七旬，须发皆白身材魁梧，很是威严有仪，"北狮团"的骨干成员，都出自他的门下，不是徒弟便是徒孙，个个身手不凡，而团中翘楚卓尔不群的却是一个女子——郭小然。郭小然是郭公然的孙女，外号狮女。

　　每年春节过后，是"北狮团"演出最频繁的黄金期档，上至市县下至乡镇，都有"北狮团"演出的场地。大年初一，是"北狮团"在慕水镇的铁定表演日，届时，在古镇最宽阔繁华的大街上，牛皮大鼓、黄铜大钹、一米多长的大号，吹奏起来豪烈雄壮震撼人心。四乡八村看舞狮的人云集而来，万头攒动人山人海。

　　在响遏行云澎湃人心的鼓号声中，狮女郭小然身披雪白狮被，下穿雪白狮裤，脚蹬金爪蹄靴，手执漂亮威武的狮首，摇头摆尾进入场地，在"狮子郎"的引导下，表演腾翻、扑跳、登高、朝拜，并有走梅花桩、窜桌子、踩滚球一系列高难度动作。郭小然那漂亮爽劲逼真的狮舞，往往引得观众掌声如潮喝彩迭起。表演完后摘下狮首，一个面色银白唇线紧抿有着飞眉吊梢怎么也藏不住英气的女子，更是让观众倾倒。

　　郭小然舞狮首，她的师哥刘凤伟舞狮身，两人配合极是默契。刘凤伟身强力壮，舞狮的功夫深厚。风头尽让郭小然出了，刘凤伟倒高兴，因为他爱郭小然。

　　那年，慕水镇调来一个主管文教的副镇长王清平，研究生出身，儒雅得像个古典书生。王清平第一次看郭小然舞狮，心中怦然狂跳得不能自已，那之后，他就利用职务之便，刻意接近郭小然。郭小然对王清平也有一种异样心动的感觉，两人终至于发展成情人关系。

　　当郭小然告诉爷爷郭公然她要嫁给王清平时，郭公然却问郭小然："嫁人后还要不要舞狮了？"郭小然说："舞啊，怎么就不能了？"郭公然："要是嫁给刘凤伟当然能舞，可你要嫁给的是王清平，也许就不能舞了。"郭小然一脸迷惑："为什么？"

郭公然叹气般说："他是做官的，你是跑江湖卖艺的。"郭小然不以为然："爷爷怎么老用旧眼光看人？"郭公然说："我也不想用旧眼光看人。"

郭小然和王清平确定下恋爱关系后，王清平不久就调到县城国税局当局长去了。王清平有次跟郭小然说："我已将你安置在县妇联了，你不用再辛辛苦苦舞狮了，好好过来上班吧。"郭小然有点生气："怎么事先不给我说一声，真要应了我爷爷的那句老话？"王清平："你爷爷说什么了？"郭小然面有愤色："说你不愿意我是个舞狮的，说你会嫌我是个走江湖卖艺的。"王清平笑说："我不是嫌你人，是嫌你舞狮。"郭小然冷笑："我外号狮女，只会舞狮不会干别的。"两人争吵后，王清平根本没把这当回事，再想不到郭小然闪电般和师哥刘凤伟举办了婚礼。

只要听说哪里有郭小然的舞狮，王清平都会尽力赶去观看，那白得极是漂亮的狮被和狮裤，那张飞眉吊梢怎么也藏不住英气的银白脸子，那抿得更紧的唇线，依然，甚至比以往更让王清平心里狂跳。

趾上开花

很快，一大朵几乎覆盖了整个大脚趾甲的牡丹花，层次分明花瓣繁复地浮现出来，上色、敷亮、定型，一朵黑艳亮泽妖媚异常的牡丹，静静地、风情万种地怒绽在孟三儿那一枝独立的大脚趾上，让那大脚趾显得无比尊贵和冷艳……

当修脚师冷清秋在秋阳儿那明媚的光亮下，走进回香镇上大地主糜万仓家的大宅院里时，他身上穿着的蚕丝麻黄衣裤忽闪抖索出了片片碎光。站在珠帘后的孟三儿，用手帕遮掩了嘴跟侍女说："可惜这人脸色太白眉眼太飘，要不还真是一个美男子。"

孟三儿是糜万仓的三姨太孟飘丝，银白脸子长目细眉，又向上微微扯着眼梢儿，一副天生的狐媚样，更兼一双"韵艳弱瘦"的三寸金莲，在整个回香镇，甚至在回香镇所隶属的近邻昌府城，都难找到第二双能跟孟三儿相比美的小脚。

穿的、裹的、涂的，孟三儿在一双小脚上花费的工夫，比在她头面上花费的工夫更多更细致。糜万仓喜的就是孟三儿那一双馥软香艳的小脚，把在手中感觉远比那些冷冰冰的珍玩销魂。

孟三儿吩咐侍女端水让冷清秋净手，然后请她房内去了。

等冷清秋放下药箱，孟三儿向侍女说："给冷师傅拿把小椅子。"冷清秋说："侍候三太太我坐在地上更适宜。"侍女给孟三儿脱去绣花鞋解开缠脚布，一双腴润隽整的小脚就完全呈在冷清秋的眼前了。侍女退去，冷清秋挽起衣袖，把那双玲珑的小脚浸泡在温盐水中，轻搓细揉着节节缝缝，托出擦干，撤去浴盆，冷清秋盘腿坐在地上，把孟三儿的双脚放在他的大腿上，手掌心倒上药液开始按摩，从脚趾至脚面、脚踝……手指蛇样游移。冷清秋的手指修长软白，却又腻滑灵巧，孟三儿只觉给他那双手纠结缠磨得两脚酥软面上酡红，连呼吸都急促了，偷眼看看冷清秋，冷清秋一副专注两脚正襟危坐的君子神态。孟三儿心里泛起一丝羞愧，就觉浑身不自在。冷清秋用细致的磨脚石给她去角质，接下来修正趾甲，重新端详一遍夸说："三太太好周正的小脚，我修过无数小脚，就三太太的脚小巧，这大脚趾甲上要是再雕上一朵花儿，就更奇艳了。"孟三儿就喜新奇，高兴地说："我以前用凤仙花染色，正嫌它颜色单调上色麻烦，冷师傅有新样的让我也开开眼。"

冷清秋从刀包里捡出最小号的条刀，两膝固定住孟三儿的脚，随着条刀小摆幅快速度的晃动，细细的甲屑面粉样洋洋洒洒落在冷清秋那干净光滑的丝绸裤子上。很快，一大朵几乎覆盖了整个大脚趾甲的牡丹花，层次分明花瓣繁复地浮现出来，上色、敷亮、定型，一朵黑艳亮泽妖媚异常的牡丹，静静地、风情万种地怒绽在孟三儿那一枝独立的大脚趾上，让那大脚趾显得无比尊贵和冷艳。孟三儿都有些看呆了，就连创造出这花儿的冷清秋，也自我欣赏不已。

冷清秋第二次走进了糜家。

冷清秋把孟三儿的小脚浸在药液中给她泡脚，泡完脚后擦干，再把那两脚放在自己大腿上细细按摩。一会儿孟三儿就脸上酡红嘴里不由发出近似呻吟的音节。冷清秋平静地微笑着，直视着越来越失态的孟三儿，柔声说："三太太，你要是舒服了就自个暗暗享受吧，别让外人听见。"说着十指越发把孟三儿的双脚缠磨得紧迫。一句话说得孟三儿脸上血红，咬牙沉默了一会儿，看那冷清秋仍是一副淡淡散散不擒不纵的样子，终于不能自禁，嚯地从躺椅上坐起来，合身扑进冷清秋怀里："上辈子欠下的，今儿还了吧！"再想不到冷清秋把她抱起依然放回躺椅里："我只给女人修脚，从不跟女人上床。"冷清秋这话说得从容淡定，没事人似是的，像经过了无数这样的阵仗。

合该有事，糜万仓恰恰推门进去，看见冷清秋把孟三儿放在躺椅上。正在羞恼的孟三儿一眼瞥见糜万仓进来，她的脸色瞬时变黄了，为了自保，她抬手就给了冷清秋一耳光："色鬼！"

糜万仓是个残暴的人，恰好回香镇里发现了一具尸体，更离奇的是尸体上插着一把修脚刀，那修脚刀镶金错银，回香镇的人大都认识。

冷清秋杀人了！回香镇上迅速传遍了这件具有轰动效果的凶杀案。杀人偿命，但在按大清律还是民国律行刑时，老派和新派的执法者发生了矛盾，最后竟要冷清秋选择。冷清秋听后惨然笑说："生我的人是个妓女，教我手艺的人是个太监，我终究是个脚奴，我成于斯也毁于斯，把修脚刀给我吧，我自己了断。"执法者真的把他的牛皮刀包拿给他。冷清秋一一检视着修脚刀，拈出最大号的片刀，无不怜惜地说："好刀具啊，可惜再没有我这样的人使用你了。"又取出磨刀石，将刀细细在上面磨着，口里韵味十足地唱道："小奴才真是个劣性，长大后定是个不孝的畜生……"竟是京剧《三娘教子》中的词儿。

冷清秋用修脚刀割腕血尽而死。

夜　舞

九如愿在旋舞中不时露出一段雪白的小蛮腰，肚脐里嵌有一颗光彩炫目的珍珠，夜的气氛给珠光闪得蛊迷起来……

南霁云，是唐朝时魏州顿丘人，因在兄弟辈中排行第八，人称南八。他精于骑射，箭法绝世无双，又喜欢游侠，常一人一骑纵横南北游历天下，靠帮人摆平事情而获取资助。

天宝十四年，南霁云游历到长安。一天向晚，他在大街上正想回下榻的旅店，时值盛夏，暖风熏人，南霁云的鼻翼敏感地嗅到一股熟悉的香气，那香气典雅沉郁，<u>丝丝缕缕一直逼渗到他</u>的肺腑，初判别应是紫真檀，细辨又觉远佳于紫真檀，不知来自何处。

南霁云正在疑惑，迎面一顶就要和他擦肩而过的小轿停下来，轿帘揭开，里面坐着的女了看着他笑说："你不认识我了吗？"南霁云嗅到她身上的香味更沁人肺腑，一下明白了刚才香味的来源，意外地说："你是教坊司里的九如愿姑娘？"那女子是他以前见过几面的舞伎九如愿。南霁云问："请问姑娘用的是什么香？"九如愿从轿子里下来，她一身轻俏的红衣，衬得她齿白脂凝，睇顾间美目横波："来自昆仑盘盘国的紫真檀。"南霁云奇怪："怎么和一般的紫真檀不一样？"九如愿灿然微笑："这是宫中御用的极品，自然和宫外的不同。"南霁云不想在街上和一个舞伎纠缠不清："街鼓已响，不敢耽误姑娘赶路。"九如愿偏不走："我有金吾卫衙门发的夜行文谍，不怕犯夜。再说我也没什么大事，本要去杨宰相的府中跳舞，遇上你就不想去了，我让童儿去杨府辞掉。"她这话说得直白放肆，南霁云听得又脸红又吃惊："杨宰相权倾天下，一句话可生杀予夺，姑娘怎么可以为一个不相干的人得罪杨宰相？"九如愿嬉笑说："我愿意。"南霁云还想阻止："你不怕犯夜我可怕犯夜。"九如愿嘲笑说："我一个女子尚且敢作敢为，你一男儿倒不敢有所应承了。"一句话激出了南霁云的豪气："姑娘这样看重在下，我又有什么不敢应承的。"九如愿笑得毫无心机："前面平安坊临街有座'万灯楼'，每当入夜就会亮起千百盏新奇灯笼，实在是长安一景，我想和你做伴去那儿看看。"

九如愿也不坐轿，和南霁云步行在空荡荡的大街上，很快就到了"万灯楼"。这时天已暗定，前面"万灯楼"上灯盏密悬灿若繁星恍如仙境。南霁云叹说："这要奢费多少油脂啊。"九如愿说："这楼的主人多少油脂也奢费得起，她是宫内杨贵妃的三姐虢国夫人，向来喜欢起造新奇楼阁，别家有超过她的，她就会立时拆毁重建。这'万灯楼'是供她宴饮歌舞的地方，往往禁夜后，她这儿就开始了繁丝急弦。"两人正说着，过来两队提着宫灯的婢女，各引着一乘轿子进"万灯楼"去了。九如愿指点着说："前面的是韩国夫人，后面的是秦国夫人，她们三姐妹又要夜宴了，只是不知道今晚来这儿跳舞唱歌的是哪个。"九如愿的话音刚落，就听身后一个女子笑说："九丫头好大胆，竟敢不去杨宰相府上反和人在这儿幽会。"九如愿吓了一跳，这时有小厮挑灯过来，灯光下一个国色天香的女子笑吟吟地站在两人身后。九如愿亲热地拉住那女子的手说："谢姐姐几时来的？又怎么知道我推了杨府的差事？你消息好神速。"女子说："我在那边遇上你的童儿，他说的。你这随心所欲的臭脾气真得改改了，别什么时连皇上召你也敢辞。"说着看看南霁云，"这位是？"九如愿笑笑："他是我路上捡的一个朋友，一块儿过来看'万灯楼'。"女子拍一下九如愿："我就知道你是想起一出是一出的，刚才我坐轿过来，见你和人并肩站着，是想过来吓吓你，不多说了，我要进去跳舞了。"

一阵不徐不疾的马蹄声传来，远处过来三骑，前后各挑着一盏灯笼，灯笼上写着"杨府"，中间马上的人穿着紫衣。九如愿眼尖，低叫一声："糟了，杨国忠来了。"女子忙说："你们快进我的轿里躲躲。"九如愿拉着南霁云就近钻进女子的轿子里，南霁云不情愿地说："我钻什么，杨国忠又不认识我。"九如愿先把他塞进轿去："姓杨的一句话就能定你个犯夜罪，那可是要打二十大板的。"轿内空间狭小，南霁云又人物高大，他坐进去就没九如愿的地儿了，九如愿索性坐进了他的怀里："没办法，你权做回柳下惠吧。"南霁云只觉怀里肉体温软香气馥郁，他紧张得全身肌肉都僵硬了。轿帘遮严，九如愿在漆黑的轿内用手摸索了一下南霁云的脸，浅笑说："知道刚才的谢姐姐是谁吗？她就是因跳《凌波曲》而最受皇上欣赏的谢阿蛮，她名在乐籍，却于内侍省列册，享受正五品的俸禄，是个极特殊的人物。"说话间，杨国忠骑马过来："阿蛮怎么不坐轿子？"谢阿蛮笑说："杨大人也来了？我刚从轿上下来。"杨国忠似乎不高兴："我本要在家看九如愿跳舞，她身体不舒服，我只好跑这儿看你跳舞了。"谢阿蛮说："大人先请。"杨国忠忽然说："我好像看见你和什么人说话。"轿内九如愿把身子更紧地缩在南霁云的怀里，南霁云一颗心抑制不住地突突狂跳。谢阿蛮从容说："我刚才和两个下人说话，大人先请。"马蹄声走过轿子去了。九如愿长舒一口气："好险！"忽又诧异地问南霁云，"你是不是很害怕？我感觉你的心都要跳出胸口了。"南霁云脸上火辣辣地发烧，心里说："我哪是害怕杨国忠。"

两人谢了阿蛮，再没兴致看"万灯楼"，南霁云想回旅店，九如愿说："你一人行走要是给巡逻的金吾卫发现岂不麻烦，还是让我给你安排个住处吧。"

九如愿给南霁云安排住的地方是她的私宅，九如愿虽然是个舞伎，但在长安米贵的京城拥有一座精致的私宅，并有奴仆五、六人，这让南霁云很是意外，九如愿却说："这算什么，谢阿蛮的宅子比这更大更奢侈，她进宫跳一次舞，所得赏赐往往让人瞠目。"

奴仆摆上精美的菜肴，香炉中焚上香料，堂上铺下紫氍毹，九如愿入内更衣。等她从烛影摇曳的画屏后转出，已然换了一身窄短轻俏的衣裤，光着一双趾甲艳红的白皙脚丫："天方入夜，想来阿蛮才开始跳舞，与其给那些看之生厌愚蠢骄傲的贵妇、权臣舞蹈，怎如独为君跳。"九如愿一双美目灼灼生彩地直视着南霁云，话似笑谑，脸上却绯红起来。南霁云慨然说："取羯鼓来，我虽不精音律，但感激盛情，且为姑娘击节。"于是，双腿直伸箕坐在氍毹毯子上，执槌击鼓。

九如愿飞舞《胡旋》，脚链、手镯随舞清响，她疾旋得像回风激荡雪花，又如旋风飘转蓬草，千旋万旋满氍毹，不是她应鼓点旋转，倒要南霁云的鼓点追随她或急或缓，幸好南霁云精于击鼓，才不乱了节奏。九如愿在旋舞中不时露出一段雪白的小蛮腰，肚脐里嵌有一颗光彩炫目的珍珠，夜的气氛给珠光闪得蛊迷起来。

九如愿舞近南霁云，她那双很大的眼里满是热切的诱惑，忘乎所以地盯着南霁云，南霁云的鼓敲得有些乱了。九如愿突然一个下腰，向上的脸子对着南霁云的脸，绛红的嘴唇半启半合，双眼迷离。南霁云举起的鼓槌忘了落下，忽然心惊，用力一槌，通的一声大响，羯鼓被他打穿一个大洞，发出极其难听的破音。九如愿一怔，血瞬时涌上脸面，起身一声不作走进内室去了，丢下南霁云手足无措地坐在那儿。过了一会儿，听九如愿在内室大声呼小童儿微烟："夜已深了，给南公子在西厢安铺睡吧，明儿一早送南公子。"

一夜无事，静静的宅子里只有勾檐明月相映照。

三娘教子

冷清秋从屋里出来时，外面的人见他汗水泪水交织了满脸，前胸后背的衣服全被汗塌湿了，他精疲力竭得不愿多说一句话，手也没洗，径直离开了元家……

明清时期的修脚业最为盛行，皇宫内也有专业的修脚师，这是因为古时女子大多缠脚，城市商贾及秀才都以布裹脚，而农工劳作长年赤足，致使很多人患有脚疾。

1911 年清帝逊位，一些被遣散的太监从皇宫中流落到民间，其中就包括专为帝妃们修脚的公仪佚。幸亏公仪佚平时攒有积蓄，从皇宫出来后就在老家昌府城买了一座民宅，过起了深居简出的生活，更不向人显示他修脚的手艺，但昌府城的人还是知道了公仪佚的绝活，那些官员富商，有脚疾的没脚疾的，都想让公仪佚这个大清皇帝的御用修脚师给自己过过"皇"气儿，亲身体会下天子的享受。公仪佚一例推说他老眼昏花，连脚上长着几根趾头都看不清了，又是那么锋利的修脚刀，大伙儿就不要因小失大了吧。话虽这么说，昌府城的人明白，这个前清的老太监，一辈子精益求精恭敬慎微地侍候皇帝、妃子们的龙趾、凤爪后，是不想再侍候任何人的蹄子了。

那天大清早，公仪佚习惯地早早地起来打开宅门想出去遛遛弯儿，刚迈出门槛，就有一个满身脂粉气眉眼极其标致的女人领着一个清瘦的男孩子扑通跪到他面前，好像早就站在门口就等他出来。公仪佚一怔，细着嗓子问："这是做什么？快快起来。"女人不但没起来，反把身边的男孩子也拉跪下去，说："我是'怡春院'的，这是我儿子，不知道该怎样教养下去了，您要是不嫌弃，就把他认为干孙子，让他给您养老送终，我和他一刀两断；您要是嫌弃他，就让他在您这儿做个下人，赏他口饭吃。"公仪佚知道"怡春院"是昌府城最风光的妓院，看这女人的打扮和面相，绝不是末流娼妓，应是头牌姑娘。再看那男孩子，有十四五岁，长得眉清目秀，只是暗里透着些浮糜气。公仪佚对男孩子不觉有些喜欢，可平白无故地收为干孙子让他有些犹豫。那女子并不等公仪佚说什么，趴在地上又给公仪佚磕了个头，看了儿子两眼，站起来头也不回地走了。男孩子赶紧从地上爬起，向女人离开的方向跟了两步："妈妈。"公仪佚过去拉住他瘦弱的胳膊，叹口气说："孩子，这是你的命。告诉爷爷，你叫什么名字？"男孩子茫然地看着老奶奶似的公仪佚："我叫冷清秋。"

公仪佚用了五年时间，才把全部技艺传给冷清秋，然后就无疾而终了。冷清秋干的是下九流的营生，端的却是上九流的架子，这是他从公仪佚那儿承继来的。别的修脚师傅都是在集市上就地揽活当众修脚，冷清秋不做这地摊生意，他做的是上门活儿，给人轿抬车拉地请去送回，进出的都是深宅院高门楼。

在冷清秋的修脚生涯中，注定有一个女人要把他推向这行业的巅峰。

　　冷清秋有自己的规矩，那就是谁来请他修脚都去，就是不给昌府城的大布商元高庆的老婆修脚。元高庆的老婆有着严重的脚疾，常年无法行走，求遍医药无一奏效，元高庆几次亲自去请冷清秋，冷清秋打发元高庆的只有三个字："请回吧。"从不多说一个字，气恼得元高庆提起冷清秋就骂："不过一个脚奴，架子却端得海大。"

　　元高庆的老婆实在不堪忍受脚病的折磨，放出话去，说如果有人能治好她的脚病，她就在昌府城高搭戏台，请曾给慈禧太后唱过戏的碧云霄大唱三天，给他扬名传姓，另有重金相酬。一时间，那些江湖郎中、修脚师傅、昌府名医，无不跃跃欲试趋之若鹜地奔往元家，可有一多半未经医治只看那病脚的模样，就知难而退了。原来元高庆老婆的两只小脚不仅高度腐烂，连骨头都变黑了。昌府城的名医说："再不截去双脚会上延双腿，致使双腿坏死，再向上，可就不好说了。"元高庆的老婆固执地说："有一人还没给我治呢，我这腿还有希望。"

　　让人奇怪的是冷清秋既然不给元高庆的老婆治脚病，却要每天问一遍在元高庆布店当伙计的王小毛："元太太的脚怎样了？"王小毛和冷清秋住近邻，每次都据实回答，冷清秋听后也不表态。

　　元高庆老婆的双脚越来越腐烂了，不光恶臭熏人脓水不止，并且坏死处渐渐向小腿扩散，再没一个医生上门给她医治。元高庆担忧地说："截肢吧，再不截就没命了。"元高庆的老婆咬着牙说："还早呢，我不信他就不来！"

　　突然有一天，冷清秋走去跟那早出门去布店的王小毛说："告诉元太太，就说我早饭后去给她修脚。"王小毛狐疑地看着冷清秋：

"她那脚还能治吗？骨头都黑了啊。"冷清秋叹口气："她那脚不是成全我就是毁了我，好歹得去。"

元高庆的老婆虽然徐娘半老又经病痛折磨，可风韵犹存，见冷清秋来了，勉强在床榻上坐起，屏退众人，笑逐颜开地说："你总算来了，我这脚倒没什么，可那三天大戏一定要唱给你。"冷清秋见过病脚无数，眼前的这双病脚还是让他吃了一惊，那只是两团筋连骨离的腐肉，让人看了既恶心又恐怖。冷清秋不由跪在元高庆老婆的脚前："这脚已经废了！"元高庆老婆依然笑着说："你不能让它废了，还有三天大戏唱给你呢。"冷清秋含着泪说："那你可要忍着点。"

没人知道冷清秋是怎样给元太太治脚病的，侍候在屋外的人就听元太太一直在喊疼似的扯着嗓子唱《三娘教子》中的词儿，嗓音艰涩颤动又不遗余力，她唱得最疼痛的是王春娥教子的一段："骂一声小奴才真个劣性，长成人定是个不孝的畜生，小甘罗十二岁当朝一品，商辂儿中三元至今扬名，我的儿少年时不求上进，到将来一事无成空负光阴，儿要学前辈人立志发愤，娘也要学孟母教儿成人……"屋外的人只听得心惊胆战。

冷清秋从屋里出来时，外面的人见他汗水泪水交织了满脸，前胸后背的衣服全被汗塌湿了，他精疲力竭得不愿多说一句话，手也没洗，径直离开了元家。

元高庆的老婆卧床两年后，又能走路了，这消息让整个昌府城振奋起来。元高庆真的在昌府城内高搭戏台，请来曾给慈禧太后唱过戏的碧云霄大唱了三天，每一开场，元太太就会稳稳当当不用人扶地走到台下正前面的包坐里看戏，勾引得一戏场的人全支脚引颈地看她，嘴里啧啧赞叹着冷清秋的奇技。

碧云霄开场重头戏唱的是《三娘教子》，末尾压轴戏是《金殿认子》，来看碧云霄唱戏的人几乎空了一座昌府城。

冷清秋成了昌府人口里的一个传奇，后来有那知情的爆料说，元太太是从良给元高庆的，冷清秋就是她当年送给老太监公仪佚做干孙子的私生子。

唱过三天大戏后，元太太就再不出门了，有侍女偷偷传出内幕说，元太太的脚根本就没好，是冷清秋给她锯掉坏脚后接上的假脚。

不管怎么说，冷清秋的人名在昌府城无人不晓了。

乞　师

南霁云在马上抽箭回射，那箭嘣然劲鸣，直没入佛塔砖中一半，南霁云戾然长笑："破贼后必灭贺兰，留此箭以作标志！"……

天宝十四年十一月，手握重兵的三镇节度使安禄山反自范阳，率精兵十五万攻城略地杀向长安。由于中原已多年没有战事，内地府兵制懈坏兵力空虚，致使很多郡县无兵可用，毫无应变准备，地方官吏闻叛军将至，或弃城而逃，或开门出迎，叛军没有遭遇什么抵抗就占领了许多地方。

大唐粮财基地江淮的门户睢阳，在张巡的固守下，像枚钉子一样死死地钉在叛军南下的要道上，硬生生地粘住十三万叛军。

睢阳早已城门死闭兵不出战两个月了，大唐的旗帜在城头上悲壮待援地呼救着，谯郡大帅许叔冀，临淮的河南节度使贺兰进明，虽在睢阳近旁，却漠不相救。张子奇的叛军早已习惯了睢阳城的死守，就像一个想吃烫山芋的人，在耐心地等那个灼手的山芋凉下来，他们想不到城内依然会有五十多精骑突然冲杀出来。为首的南霁云神弓怒张，每发一箭必贯穿敌军两三人，敌军数万人围截五十多人，却被南霁云的神箭硬生生射开一条通道，直奔离睢阳最近的临淮求救去了。

河南节度使贺兰进明看完张巡言辞恳切的求救信后，再看看血满战袍的南霁云，有些奇怪睢阳一座孤城凭什么在十三万叛军的围攻下能固守不破。张巡自雍丘一战成名后，大受新皇帝肃宗的褒奖，官职连提，都提河南节度副使了，如果守城再成功，岂不越过他贺兰进明了？

贺兰进明那张向来喜怒不形于色的脸上，勉强挤出些同情的样子："南将军一路辛苦了，恐怕这时睢阳已经被叛军攻破了，我纵然发兵借粮，也于事无补了。"南霁云看他无意相救，不由悲愤难忍，流下泪来："睢阳死守待救，望眼欲穿，如果霁云空劳大人发兵，我愿一死向大人谢罪！"贺兰进明不为所动："我职守临淮，怎敢虚城而出。"南霁云越发悲愤："睢阳和临淮如皮毛相依，睢阳要是被灭了，叛军必然转攻临淮，大人怎能不救？"说完放声大哭，声震屋瓦。贺兰进明并不关心睢阳的安危，他甚至期望张巡被叛军砍下人头，但他喜欢上了南霁云的赤忠神勇，想留为己用："南将军勇武过人，我深为敬佩，请先用饭，再做他议。"

贺兰进明不仅盛宴款待南霁云，还让他的将领和幕僚作陪。众人入席，贺兰进明向强忍悲愤的南霁云笑说："我这儿有一个长安的乐伎，弹得一手好琵琶，待我唤出给南将军弹奏助酒兴。"

当贺兰进明口中的那个长安乐伎怀抱琵琶走进来时，南霁云根本没抬头，他瞠视着满桌菜肴，胃里却在一阵阵地痉挛。清脆铿锵的琵琶音传进了南霁云的耳里，他心里一震，抬头看那乐伎，那乐伎一直低着头专注于弹奏琵琶。琵琶声时清冷欲绝，如伊人渐行渐远，又似黑云越聚越多，忽转激烈繁急，弦弦作金戈撞击声布帛撕裂声，让人听了血脉奋张又悲怆郁愤。那乐伎弹奏的竟是《霸王卸甲》。

贺兰进明给南霁云搛菜："南将军很久没有吃上饱饭了吧，请开怀尽量。"一句话说惨了南霁云，他黑血上涌，悲极大哭："我来时睢阳城里已经一个多月没见一粒米了，城内百姓易子而食，今天我就是想吃这丰盛的美餐，又怎么能咽得下去啊！你坐拥强兵粮米丰盈，却没有一丝一毫分灾救难的怜悯心，这是忠臣义士的行为吗？！"说着将一根手指放进口里，怒目发狠睚眦裂血，齐根把那手指咬下，放到贺兰进明面前，"我不能为睢阳求得一兵一卒，留此断指作为我曾到你这儿求援不得的血证吧，我这就回去和守城的将士一同赴死。"一时指血、泪血如泉涌出。贺兰进明的将领和幕僚，都被南霁云的忠烈感动得流下眼泪，但没有一人挺身出援。

这时，一声尖锐刺耳的拔划，乐伎怀中的琵琶丝弦齐断，断弦披拂垂颤，犹有弦音。贺兰进明看着面前血淋淋的断指，骇得变了脸色，强笑说："南将军何苦如此，睢阳必破，你回去又有什么益处，不过白白送死，不如留在临淮，仍能为朝廷出力。"南霁云指着贺兰进明怒极反笑："你也食唐家俸禄，却见死不救，与贼子何异！"贺兰进明愠怒地沉下脸子："我职守临淮，不敢妄分一兵一卒与外人。"

突然，咣啷一声大响，把众人吓了一跳，循声看去，却是乐伎把怀中琵琶掼在地上，她挺立当地，用手一一指了贺兰进明和那些将领、幕僚怒说："你，你，还有你，全无一个是男儿！"贺兰进明想不到连个下贱的乐伎也敢指责他，大是羞恼："放肆，这儿哪有你说话的份儿。"乐伎连连冷笑："贺兰大人，你们怕死，我倒愿随南将军去睢阳杀敌。"贺兰进明的肺都要气炸了："好好，你去杀敌，让那些夷蛮胡种把你刀剁成泥去吧。"

临淮的城门冷冷地洞开着，南霁云和九如愿两骑并驰在青森森的石板道上，将出城门时，经过一座寺庙的大佛塔，南霁云在马上抽箭回射，那箭嗡然劲鸣，直没入佛塔砖中一半，南霁云戾然长笑："破贼后必灭贺兰，留此箭以作标志！"

睢阳城外的叛军营盘，一个挨一个密密麻麻，内外宽足有数里，其中壕横栅立，牢牢地将睢阳围成一座死城。南霁云手提一丈长的特号大陌刀，遥指了前面的敌营跟乐伎说："能杀得进去，可能再没有机会出来，你现在后悔还来得及。"乐伎心凉如水地看一眼绵绵不绝的敌营，笑容惨淡地说："耻于偷生，愿随将军赴死。"南霁云纵声笑赞："又一真英雄！"说完持刀跃马杀入敌营，乐伎舞着双剑紧跟在后。

敌军在张子奇的指挥下潮水样涌来，几要淹没南霁云两人。南霁云奋起神力，长刀过处人头纷落残肢乱飞，他又暴喝如雷声震敌胆，无人能阻他去路，敌军眼睁睁看他翼护着乐伎直驰睢阳城下。

张子奇气急败坏地命令弩箭手："放箭，不许一个活人进城！"

箭若蝗至，铺天盖地地飞向南霁云和乐伎。乐伎本来和南霁云并马同驰，眼看万矢齐发，两人正在射程内，乐伎纵身飞落到南霁云马背上，自后紧紧抱住南霁云的腰，急急促令："千万别回看，快快进城！"南霁云狂策战马，跑到护城河边，等不及城上放下吊桥，双腿一夹马腹，那马极是神俊，竟从又宽又深的护城河上一跃而过。守城的兵士急急打开城门，南霁云走马入城。

　　守城的兵士刚刚闭上城门，那匹跟随南霁云多次立下战功的俊骑，还没走出城门洞就倒地暴毙了，马屁股上箭矢如篱，乐伎的后背上更是箭矢密布，整个人都被射成一个大刺猬了，犹自死死抱着南霁云。

劫法场

　　在人们回过神前，南霁云已经割断绑绳携九如愿骑上了监斩官的快马，他的行动快过了人们的反应……

　　天宝十四年十一月，手握重兵的三镇节度使安禄山反自范阳，率精兵十五万攻城略地杀向长安。由于中原已多年没有战事，内地府兵制懈坏兵力空虚，致使很多郡县无兵可用，毫无应变准备，地方官吏闻叛军将至，或弃城而逃，或开门出迎，叛军没有遭遇什么抵抗就占领了许多地方。

　　叛军声势很大，整个长安为之惊恐，宫中宫外基本上停止了一切娱乐活动。

　　长安城内的气氛空前紧张起来，官兵一大早就四处搜捕安禄山旧日安插在京城的党羽和耳目，那些和安禄山有染的官员，人人自危。安禄山留居长安的长子安庆宗和妻子荣义郡主，虽然在安禄山初反时被玄宗下旨处死了，但肃清长安内奸的大举措，今天才全面展开。

　　南霁云在他下榻的旅店，已经收拾好了行李，准备投奔抗击叛军的张巡，九如愿的小童儿微烟，一头撞进来，满脸惶急地说："南公子不好了，九姑娘被杨国忠抓走了！"南霁云大吃一惊："为什么抓她？"微烟哭着说："他们诬九姑娘是安禄山布设的耳目，南公子快去救人吧。"南霁云边向外走边问："九姑娘现在哪里？"微烟："已被枷号在了御史台狱。"

　　原来杨国忠在抓捕的官员家中搜查到一封安禄山的密信，其中一再说到九如愿，要那官员对九如愿多加照顾。杨国忠向来讨厌安禄山，及安禄山在范阳打着进朝诛讨奸相杨国忠的旗号造反后，杨国忠很是恐惧，对留居长安的安党，宁肯错杀不欲一人漏网，加上九如愿对他多有不敬，干脆把九如愿借此抓了起来。

　　南霁云心急如焚地赶到御史台狱的门口时，一干人犯正向外押解，一个个大枷粗链步履踉跄。南霁云贴墙避让，双目焦急地寻找着，很快就发现了九如愿。九如愿紧抿着嘴唇，两眼左右看着，心有不甘又似有所盼。南霁云悄悄靠近旁边一个警戒的官兵小头目："军爷，这些人押到哪里去？"小头目回头呵斥："干什么的？"南霁云塞给他一锭银子："看热闹的。"小头目看在银子的份上说："把这些贼党押到西市腰斩。"南霁云脸色大变："不奏请皇上复审这么快就杀了他们？"小头目说："杨宰相奉有皇上特诏，凡贼党可从速处决以免生变。"

南霁云情急无策，暗中发狠："实在没有别的办法，舍命也要救出九姑娘。"小头目因受了他银子，也不呵斥他远离，任由他一步一随地跟在旁边。

到了热闹的西市，十几个犯人被绑在木桩上，刽子手肩扛着寒光凛凛的大砍刀，静等行刑。监斩官读完罪状，刚下斩令，刽子手还没抡起砍刀，南霁云快若疾矢地直射向要腰斩九如愿的刽子手，眨眼间砍刀易手刽子手倒下，在人们回过神前，南霁云已经割断绑绳携九如愿骑上了监斩官的快马，他的行动快过了人们的反应！"有人劫法场了！"监斩官惊怒的嚎叫声，一下让官兵明白发生什么事了，下面的行动就不用监斩官提醒了，他们凭着人多势众，只需不断缩小包围圈就行了。

九如愿看着围得水泄不通的官兵，有点意外地跟南霁云说："我是指望着谁来救我，没想到来的竟是你。放下我你快逃吧，别连累你丢了性命。"南霁云微微一笑："什么时候了还说这个，看我怎样带你出去。"说着纵马驰入官兵队中，砍刀落处血肉横飞，官兵躲避不迭，一马两人瞬时冲出了包围圈。九如愿鼓掌大赞："好快刀！"南霁云旋马回看畏缩不前的官兵，浩叹一声："大唐兵士如此不济，难怪安禄山所向披靡。"

九如愿忽然叫声苦："完了，长安最精锐的神策军来了！"两人的去路挺来大队雄壮的神策军，他们甲胄坚硬陌刀如墙地步步逼近。所谓的陌刀，就是一种又重又长的长杆大刀，从外形上看类似二郎神的三尖两刃刀，最长可达一丈，只有精锐部队才有资格配备，它们极有威慑力和杀伤力，那么密的一排挺在队伍前面，见人杀人，见马砍马，任凭什么活的，一过刀下便成肉泥。

神策军警卫京城和禁苑，每天在主城区巡逻，今儿恰恰遇上了劫法场的。

南霁云盯着逼过来的雪亮刀墙，沉声说："别无出路，只有杀过去了。"九如愿覆握住他提刀的手："别莽撞，你冲不过去的。"南霁云双目炯炯面无惧色："反正是死，不能这样束手待毙。"九如愿显得很是心神不定："别急着送死，挨一时是一时，或许生机就在那挨延出来的一刻里。"南霁云已不作他望，提刀看那神策军天神似地步步逼近，心里思忖着最后来个怎样了结。神策军的指挥官护军中尉突然假着嗓子厉喊一声："杀！"一个杀字还没有落地，就听传来一声清厉地女音："皇上有旨，赦免九如愿！"一骑红衫女子飞驰而来，眨眼已横在神策军的陌刀前，竟是皇上跟前的大红人谢阿蛮！护军中尉看了皇上的手谕后，唯唯诺诺领兵退去。

九如愿一跃下马，抱住谢阿蛮喜极而泣："姐姐怎么不早来，我可被他们一出一出的唬得要死。"谢阿蛮拍肩安慰她："不怕不怕，这不没事了吗？一听说你被抓，我连头都没顾上梳就进宫求皇上了，奉了赦令飞马来传，也是妹妹命大。长安你是不能再呆了，回去拣重要的东西收拾一下，我这就送你们出城。"

傅小七

后面沉寂了一会儿，突然响起了傅小七的大笑，又是几声惨叫，傅小七大笑不止，越到后来越是笑得畅心快意，近犹在耳……

　　明朝末年，关外清军屡屡侵掠河北、山东等地，德州富户白维，决定举家南迁杭州躲避兵乱。

　　白维有个中举的儿子叫白不染，不仅品学兼优，长得更是仪表丰美，是德州许多有姑娘人家心目中的佳婿。白家的邻居姓傅，户主傅东山出身寒微是引车卖浆者流，却好技击术，他的女儿傅小七，率性天真不拘俗礼，高兴了就露齿大笑，发怒了也会跳脚大骂，每次遇到白不染，总会毫无顾忌地盯视一番，常常看得白不染脸上发红，不得不快步走过她。这样没家教的女子，虽然看起来也楚楚动人，白维是决不想娶给儿子做媳妇的。

　　白家南迁那天，傅小七站在自家门首看白不染忙前忙后往车上装东西，脸上流露出极大的失落，逮了个机会问经过她的白不染："这一走是在南方定居呢还是暂住？"白不染说："局势残破，大概定居的多。"傅小七脸上的神情极是不舍："那我以后怎么再看到你啊？"白不染一怔，傅小七更加口不遮言了，"不如我跟你走吧。"白不染尴尬地说："平白无故，你怎好跟了我去？"傅小七忽然笑说："只要你答应，我自有办法。"白不染随口说："你有办法去那自然好。"说后只当傅小七妄言，恰好有人叫他，就走开了。

　　白家上路了，几大辆装满家私的马车晓行夜宿迤逦南下。白不染坐在后面的马车里，车行数日只觉旅程枯燥，一日，白不染正在马匹单调的铜铃声中打盹，忽听耳边说："我来了。"睁眼竟见傅小七笑吟吟地坐在他的对面，不知她是怎么上来的。白不染猛地一惊："你怎么来了？"傅小七说："小声点，除了你没人知道我在你的车里。"看白不染一脸惊诧的神态，傅小七扑地笑了，"别这样看我，没你想的那么鬼魅，我不过星夜兼程追来，乘你们昏昏欲睡时爬上车罢了。"这时马车停了下来，车外一声喝问："不染，你和谁说话？"白不染顿时变了脸色："我父亲！"原来白维见前面要经过的地方是片易于藏匪的乱岗子，停下车队招呼大家小心，走到后面听见儿子的车里有女子的声音，这才喝问，见从车上下来的竟是邻家那个野丫头，十分意外："你怎么在里面？"傅小七笑嘻嘻地说："我也要去扬州，顺便搭乘上了你家的车。"白维对她的话一点也不相信，疑心她诱惑蛊乱了儿子，生气地说："你也是父母生养的，怎能干出这等弃父母而与人私奔的事？"又斥责儿子，"不明不白带了人来，若给人告了拐带罪如何了得？这数百里外，就算有心送她回去，又谈何容易。"白不染惶急地说："我也不知道她是什么时候上的车。"傅小七强笑说："是我自己跟来的，在这中途伯父怎忍心弃我不顾，不如带我去杭州吧。"白维无可奈何，只能一声长叹："小女子恬不知耻啊，上车吧。"一句话骂得傅小七脸上血红蛾眉耸动，眼见就要发怒，瞥见白不染哀求地看着她，转笑说："谢谢伯父了。"

车队在经过前面的乱岗子时，岗子上嗖嗖地射下几枝冷箭来，随即从岗子上深草中跑下二三十个劫匪，拦住了车队的去路，为首一个满面横肉的黑大汉，提着一把寒光闪闪的环耳大砍刀，凶神恶煞地说："想活命的留下财物走人，不舍财的把命留下。"顷刻间，白家的老少都被劫匪赶下了车，集中到了一块空地上，黑大汉一指傅小七："她留下，你们都走吧。"傅小七笑嘻嘻地问黑大汉："为什么独独要我留下？"黑大汉一副色迷迷的样子："你留下做我的压寨夫人。"傅小七问："我要是不答应呢？"黑大汉一变脸子："惹恼了我全杀死你们。"傅小七说："你给一辆车让他们走，我留下了。"白不染伸手拉住傅小七："你不能留下。"

白维一瞪白不染："还不快走，不想活命了？"傅小七轻轻推开白不染的手，依然一副笑嘻嘻的样子："你们只管去，我稍后就来。"白不染看她神色自若，心下略安，只得跟随父亲一干人匆匆离开这快凶地。

白不染他们走出不远，就听后面傅小七厉声斥骂，接着是一声惨叫。白不染心中一颤，回头看去，却什么也看不见。后面沉寂了一会儿，突然响起了傅小七的大笑，又是几声惨叫，傅小七大笑不止，越到后来越是笑得畅心快意，近犹在耳。白不染听得惊疑万分，不顾父亲的阻止，跳下马车原路返回，在刚才被劫的地方，只见傅小七叉腰笑骂，脚下横七竖八躺着十多具尸体，还有几个劫匪正在死命向山岗上逃窜。白不染瞠目结舌地问傅小七："这些人全是你打死的？"傅小七拍拍手得意地说："一群草包饭桶，收拾他们我是小试牛刀。你怎么回来了？没事了，让你爹回来赶走这些车吧，车上财物分文不少。"

傅小七只身击毙劫匪，谁也不知道她用的是什么路数，这让白维很惊异，但不减少对她的嫌恶，反倒觉得她诡异邪气，越加担心她蛊乱儿子，遂老谋深算地对傅小七说："你和我们在一起，外人面前不好称呼，我把你收为义女，你看怎样？"傅小七十分爽快，倒身就拜："见过干爹。"白维一指白不染："今后他就是你的哥哥了，你们兄妹相称。"傅小七一愣，随后向白不染也拜了拜："见过哥哥。"白不染还了一揖，看着傅小七，甚觉怅然若失。

一路无话，到了杭州，白维那在杭州做官的哥哥白经接着，把白维一家人安排进早已租定的宅子。

杭州知府的千金有一天春游，看到风度翩翩的白不染，一见倾心，知府知道女儿的心思后，也很欣赏白不染，托下属白经去说媒。白经见到弟弟白维后，高兴地向白维说："你初来乍到杭州，根基浅薄，若有风吹草动很易动摇，这次有好大的靠山可依托了。"白维想都没想就答应了这门亲事。

傅小七知道白不染和知府的千金定了亲后，再到看白不染时，毫不顾忌地盯着白不染说："祝贺祝贺。"白不染心虚得不敢看她。

白不染成亲那天，傅小七在女客席上目中无人开怀痛饮，她酒量惊人连呼上酒，喝到后来，竟然撡起袖子抱起了酒坛子，惊呆了一座的客人。白维知道自己多有对不起傅小七的地方，不忍心过于责备她的失礼无仪，只是吩咐人强行扶她回房休息。

那天的狂饮，让傅小七大醉了三天，酒醒后害起了酒病，整日慵倦无力地恹恹痴坐，不思饮食，神形日销。白不染来看她时，她呆呆地看着白不染说："我也该回去了，不想把这身瘦骨埋在异乡做个孤魂野鬼，我想傍着我的父母，这些日子尽在想念他们。"说着流下了眼泪。白不染好言安慰她，答应等她休养好了身体就送她回去。

白不染派人打听德州傅小七父母的情况，得到的消息却是因为兵乱频繁，白家老宅的邻居已不是姓傅的了。傅小七听了越发忧愁，在病愁交加中日渐了无生望，一次对来看她的白不染说："你要是念我千里追随到此，必不忍心我做鬼异乡孤苦无依，我死后，万望骨灰能近傍我的父母。"说过这话不久，傅小七在无限心事中香消玉殒。

傅小七死后，她的灵柩暂厝在杭州郊外的一座庙里，白不染想等时局稍定后再将傅小七的灵柩运回德州。来年清军入关，眼看回德州已是不可能的事了，白不染只好将傅小七葬在杭州的郊外。

那年七月十五孟盂节，白不染从傅小七的坟上祭祀回来，夜里梦见傅小七一如生前地向她走来说："你好负心啊！"深夜梦回，白不染细想傅小七的种种往事，只觉锥心刺骨不能安枕。

桃花瘴

桃子成熟时因为没人采摘，落下的厚厚一层桃子，腐烂熏人，又有动物尸殖，以致年复一年，土质异常肥沃，谷中的桃树疯长得都变异了。若逢桃花开时，更是一谷绚丽的云霞，远远看去，恍若仙境……

广西多大山长谷，山上谷中荆榛遍布，谷中最著名的是桃花谷，绵延几十里的巨大山谷里，生长着不计其数的桃树。桃子成熟时因为没人采摘，落下的厚厚一层桃子，腐烂熏人，又有动物尸殖，以致年复一年，土质异常肥沃，谷中的桃树疯长得都变异了。若逢桃花开时，更是一谷绚丽的云霞，远远看去，恍若仙境。

1944 年，日军南方军第 21 师一部，从越南突入中国，进攻广西，守防广西的一支桂军，狼狈退逃深山中，日军尾追不舍，两支队伍在密林中做着迷藏，时有厮杀。英夫带领的小分队迷路了，更要命的是他的右腿被流弹射穿，山中潮湿不堪又少医药，几天下来，英夫的右腿就化脓红肿得水桶粗了，挪一步都困难，英夫知道再这样下去他会没命的，他必须找个地方医疗并休养。幸好英夫找到了一个很小的寨子，寨子里的人住着吊脚木楼，穿着蜡染布，过着与世隔绝的生活。英夫学过汉语，当那个白胡子老族长惊疑地看着他们时，英夫知道在这大山中，他需要这些土著人的帮助："我们是来自日本帝国的军队，那是个讲究礼仪和荣誉的国家。我受了伤，你能不能，找个医生给我看看？另外，我们想在寨子里休整一下。"老族长高兴地说："你们是尊贵的客人，能招待你们是我们寨子里的荣幸。你的腿看起来伤的可真不轻，我马上让人找来桃花，她可是我们寨子里最好的医生。"

桃花穿着蜡染裙抱着个小木匣来了，英夫想不到在这么闭塞的地方竟有这样娇艳的女子。桃花打开木匣，里面排放着银制的小刀小剪小夹子，还有一些小瓶子。桃花先把英夫的裤管剪开，清洗了伤口，才用小刀割开肿烂处，向外仔细地挤着脓血。英夫疼得龇牙咧嘴，只好转移注意力去看桃花那张离他很近的脸，不觉越看越着迷，几乎忘了腿上的疼痛。桃花处理干净伤口，撒上小瓶子里的白色药粉，最后缠上绷带，忽然奇怪这个面相英俊的军官怎么一声也不叫疼呢？一抬头看见英夫正专注地盯视着她，脸一下就红了："好了，注意别走动，休息几天就没事了。"英夫连声道谢。

桃花每天给英夫换药，英夫的腿好的很快，不几天就能随意走路了，英夫很觉满意。寨子里本来很平静，现在突然住进来一群来历不明的兵，族长还待为上客，寨子里的男女本能地觉得不安。那些日本兵吃住安乐了，就露出了本性，要找女人。寨子里的女子大多有点姿色，这越发让那些日本兵按捺不住，终于寨子里的两个女人被日本兵强奸了，寨子里的人激怒了。老族长找到英夫，指着英夫的鼻子颤着胡须说："你们忘恩负义丧尽天良！"英夫还能忍耐着不发作，旁边的副手一拔军刀向老族长瞪眼说："我们没有杀人已经是你们天大的福气了，你们的命贱过蝼蚁，杀多少都不足惜。"就在这时，一个哨兵跑来报告："有情况，寨子外面发现了桂军。"英夫边向外走边传令："全体集合，进入战备。"

很快，寨子外面响起了密集的枪声。寨子里的许多人惊慌地跑到老族长家里，桃花也在人群中。枪声渐稀渐远，好像桂军逃走日军追了出去。终于听不到枪声了，余悸未消的人们都祈求那些日本兵再不要回来时，英夫却又领着人回来了。英夫在这带的密林中吃过苦头，知道没有寨子里的人做向导，他们找不到逃匿在密林中的桂军，甚至不会走出这林海。英夫回来是想在寨子里找一个人给他们做向导，并带足吃的东西，可寨子里的人不愿意给他们当向导，更不愿意给他们吃的。英夫就让部下自行在寨子里搜寻食物，能带多少就带多少。那些日本兵有了英夫的怂恿，不仅搜寻吃的，还抢劫起了财物。寨子里的人拼命护持家产和日兵撕夺，日兵就开枪杀人奸淫妇女放火烧寨。

老族长怒视着他盛情招待了这么些天的英夫，悲愤得都要吐血了："你，是个畜生！"英夫冷笑："只要你派个人好好给我们做向导找到那些，我们立刻离开寨子。"老族长一顿手杖："我们寨子里的人决不会带你们去杀我们中国人！"一个日兵用枪刺抵住老族长的胸口。桃花从人群中走出来，平静地向英夫说："我给你们带路，我经常在山中采药，地形比寨子里的人都熟。"英夫高兴地说："好啊，有你带路我不胜荣幸。"桃花在转身出寨子前，很特别地看了一眼英夫："你是我救治好的，也应该由我送你出去。"

时值二月中旬，又逢春雨连绵，桃花带领着英夫的队伍，在湿气蒸腾的山林中走了多半天，英夫一再问桃花："你真的知道那些的部队藏在哪里吗？我们哪时才能走出这迷宫样的密林？"桃花微笑说："快了快了。"

他们终于走到了桃花谷，桃花脸上的笑更深了，指了那一谷云蒸霞蔚的桃花说："过了这条山谷你们就走出深山了，你们追赶的那支队伍就是从这儿出去的。"英夫从没见过这么多盛开的桃花，多得就像谷中平涌出一长幅美极了的壮锦，只觉绚丽得夺人心魄，奇怪的是在那桃花最密集繁盛的上方，聚集着浓厚的烟雾，并带点浅淡的粉红色晕，因为谷中无风，那非烟非雾的迷人气团不散也不流。英夫大声赞叹："好地方，真是人间仙境！"桃花就又笑笑，只是那笑看起来冷冷的。

桃花率先下谷，英夫随后，一行人尽数走进谷中没于桃花里。谷中腐殖质异常肥沃，树下花瓣积落如毯，在这阴雨的天气里，都腻烂成浆了，树上的桃花反而开得妖艳非常。越向谷中走，那非烟非雾的浅红色气团越是蓬勃盛大。英夫很快就觉得头疼恶心继而呕吐不止，看看部下，都和他一个症状，个个痛苦不堪，桃花也不例外。英夫惊慌地问桃花："这症状很像中了毒，怎么办啊，你能治吗？"桃花冷笑："这里是无人敢来的桃花谷，你们中的是桃花瘴，凡是中桃花瘴的人，最后都会全身痉挛地死去，这种瘴气没有药物能治。"英夫绝望地看着桃花："你是故意把我们引领到这儿来的？"桃花不再冷笑，挣扎着离英夫远一点："我只希望死时能离你远一点。"

原来，江东岭南，土地卑湿，春夏之间，风毒弥盛，又山水湿蒸，致多瘴毒，瘴有多种，其中尤以桃花瘴为酷烈为诡异，中瘴者无一能生还。

那年，走进桃花谷的日本兵，尽数死于桃花瘴。

焚　香

虽然他什么都想到了，可看到眼前的这个大家伙，还是有点发懵，那大家伙蒙尘含垢的，像座黑乎乎的小木屋，里面安放着架子床……

毛朗开着一家大公司，但他更感兴趣的是收藏，在各种收藏中，他尤其喜欢明清的老家具。

一天，文物探子周六儿打来电话："毛总，一件大家伙，保你看了不舍得错眼珠子，快来吧。"毛朗开车赶到那个村庄时，周六儿又打来电话说："我临时有急事，来不成了，你自己看去吧，看到前面那个有清代特色的老宅子吗？就那儿。"老宅外面看不出什么山水，进去了才让毛朗感觉一种深古之气扑面而来。院子里堆放着许多烂木头，屋墙上电线盘结，老化得很厉害。

一个弓身驼背的老婆婆，从挂着破门帘的三间正房里蹒跚出来，什么也不说地把毛朗领进森凉凉的大屋里，不待指点，毛朗就目不错睛地盯住了一件造型奇特体积庞大的家伙，虽然他什么都想到了，可看到眼前的这个大家伙，还是有点发懵，那大家伙蒙尘含垢的，像座黑乎乎的小木屋，里面安放着架子床，床上有堆破棉被。老婆婆拍拍那大家伙的两块方方正正的相面儿："看看这雕版，"又拍拍高大的廊桩，"看看这材料，"最后一指里面那堆破棉被，"闻闻这味儿。"毛朗笑了："要我闻您的脚丫子味？"老婆婆脸上显出不高兴的神色，爬进木屋子抱出破棉被，毛朗只好闻闻，看着油污败絮的旧被子，竟然散发着淡淡的异香，连老婆婆身上也是这种香味儿，甚至比棉被上的香味儿更浓。老婆婆打来清水，把木屋子里外抹拭干净，它静穆地显出一种沉古深雅的紫黑色。毛朗给它的原色暗地里震了一下：难道真的是小叶紫檀木？！老婆婆说："这是拔步床，真正的紫檀木。"

毛郎见过不少拔步床，但做工如此考究零件繁多的，还是第一次看到。不说木料，仅那雕版就让他着迷，能在木板上雕得珠圆玉润纤毫毕现，就算不是大师所为，也是能工巧匠的力作。拔步床又名八步床、千工床，明清时流行在南方，宁波是它的主产地，所以又称宁式床。床的样子像是一间独立的小屋子，从外形看好似把架子床安放在一个木制平台上，床前有浅廊，长出床沿三四尺，廊子两侧可放置一些小型家具杂物，因其工料浩繁、结构复杂，动辄靡费万金，在其流行时，往往是主人身份和资产的象征，非小户人家所能拥有。老婆婆这床的所有围子、细部，都是用很小的木头攒插起来的，没有用一根铁钉，床高接近三米。毛朗从带来的小瓶子里拿出一团酒精棉球，在木头的表面擦拭，棉球上立即染上了紫红色，他不由心中一阵狂喜。老婆婆将他的这个举动看在眼里："这次确定是什么木材了吧？"毛朗迟疑着不肯立即下结论，老婆婆就有点不屑："你这也算懂行？紫檀木啊！"毛朗一副难以置信的神情："正宗的紫檀木多来自南洋，况且十檀九空，大些的紫檀木要数百年才成材，在明清两朝已被砍伐殆尽了，您这拔步床要全是紫檀木的，我还真的不敢相信。"

老婆婆不知从什么地方翻出两张虽然陈旧得泛黄可品相很好

的黑白相片来，拿给毛朗看，一张上面并排站着几个留着后辫子戴瓜皮帽的商人，他们后面挂一横幅，上书：南洋华人商业联合会。老婆婆指着中间一个商人说："这是我父亲，他是当年在南洋经营木材最成功的一个商人。"另一张相片是一个女子坐在一张崭新的拔步床上，女子眉目俊美脸子白皙，可整张相片突显出的是那张拔步床，尽管年代久远，那张床还是透过相片放射出它沉沉的古雅大气，天生贵胄似的。老婆婆说："我父亲为了给我打造一张陪嫁的拔步床，用尽了历年存积下的木中极品小叶紫檀，找最好的小木师傅，花了三年时间才打造出来，床成之日，特意请来城里照相的师傅拍照留念。你看，这床遍体紫光，几乎没上什么漆色，又芳香永恒，连打床的小木师傅都说在造这床的那三年里，他的双手一直是香的。我在这张床上睡了八十多年，要是离开它另睡，就会整夜失眠。"毛朗小心地问："您把这床卖了睡哪儿？"老婆婆凑近毛朗，疑惑地盯着他："我说过卖这床吗？"老婆婆身上有种古雅的檀香味，浓厚得要毛朗诧异。毛朗以为老婆婆想反悔："那您干吗让我看它？"老婆婆想了想，犹豫地说："卖也可以，但得连我一块儿带回去。"毛朗哭笑不得："哪有买家具带活人的？"老婆婆一下生气了，向外轰毛朗："走吧走吧，你没有诚意哪能买到好东西。"

毛朗一直被老婆婆轰到大门外，老婆婆在里面关上那两扇在风雨日久侵袭下粉黛俱失的古旧白茬子厚木门。毛朗在门外傻傻地站了一会儿，愤愤地想："真是个古怪的老太太，我买床难道还有义务把她带回家养老？"

毛朗回家后，打周六儿的手机说起拔步床的事，那边周六儿奇怪地说："我今天根本没给你打电话，什么拔步床老婆婆，我通不知影儿。"毛朗糊涂死了："我白天见鬼了？你这就过来，我们再看看去。"周六儿很快过来了，两人开车到了那个村庄，周六儿看着车外的景物奇怪地说："我保证从没来过这个地方。"两人进了村子后已经是下午五点半了，冬天的日头落得早，安静的村子已然蒙上了一层昏昏的雾霭，给人一种做梦的感觉。

他们刚进村子，村子里突然着起火来，而且越烧越大，许多人奔去救火。毛朗和周六儿下车去看，着火的竟然是老婆婆家，老宅子里火光熊熊，火舌都蹿上半空了，烟火中飘出一股浓郁的香味，一村人都不知道这是什么东西散发出的异香，只有毛朗知道这是古雅的檀香。老宅的门锁得牢牢的，有村人奇怪说："这老宅子空置了这些年，怎么突然着火了？"人们七手八脚挤撞开厚实的木门，里面火势太凶，没有人敢冲进去。毛朗着急地向村人说："里面有个老婆婆，快救出来吧，还有一张床。"村人都诧异地看着他："这老宅子里十几年没有人住了，哪有什么老婆婆？"空气中的檀香味越来越重，毛朗更着急了："有张床在里面！"一个上年纪的老者说："里面是有一张老旧的床，样子不错，因为这老宅子里的几代人都是死在上面的，村子里没有人打那破床的主意。"

火烧到半夜才熄灭，空气中充溢着浓浓的古雅的檀香味。毛朗一直到大火熄了，看老宅彻底成为一片废墟，才做梦一样离开。

毛朗始终没弄明白那张拔步床到底存在过没有。

文　身

仿若春光骤泄旎丽无限，慕容楚楚光洁雪白的后背上纹满了深红、湛蓝、尊黄的大罂粟花！它们怒放得无比妖艳并且媚人至骨，充满着绝望和死亡的气息……

夏天，慕容楚楚喜欢穿吊带装，她的皮肤白皙滑腻，还有点凉凉的，就那种水柔玉润的感觉，仅这样的皮肤已经让人十分眼羡，更让人惊艳的是，在慕容楚楚后背的右肩上，纹有一大朵美丽的淡蓝色重瓣花儿，"半掩琵琶犹遮面"地从吊带装的边缘露出一半，这样沉静的花色和白细的肌肤，古典冷艳得像一件青花瓷，往往惹得看到的人，心猿意马地想一探究竟，可谁又能轻易看全慕容楚楚的文身呢？

六月雷就被这种想一探究竟的欲望折磨得欲罢不能。六月雷是霸城最有名气的驯鹰师，大多时候，他健壮的左肩上总会牢牢地站着一只叫作扬的雄鹰，扬的脚上有一副精致的鹰脚绊，六月雷的左上臂套有一个环箍，扬脚上的绊子就扣在六月雷的臂箍上。扬体形硕大目光犀利，凡是看到扬的人，心里不由会泛上些吃惊似的丝丝凉意。外出时，六月雷很少给扬戴上眼罩，在熙熙攘攘的人车流中，扬能神色泰定得像块栗褐色的顽石，更像是六月雷左肩上一件生动的石雕。

六月雷是在离霸城四十里外的狩猎场认识慕容楚楚并成为朋

友的。每到星期天，慕容楚楚就会准时随父亲慕容白驾车带鹰来到原是一片戈壁滩的狩猎场，等鹰友汇齐，纷纷下车骑马，左手驾鹰右手执鞭，静候专人从那草丛乱石中吆喝赶出野兔、狐狸之类的小兽，一旦惊慌失措的小兽出现在众人视野里，他们就群情激奋起来，揭去鹰眼罩扯开鹰脚绊，用口中的哨子"嘟嘟"地指示猎物的方向。饿了一天的鹰，羽毛紧贴杀气腾腾，一见猎物就像离弦的箭直射目标。在鹰扬马驰哨声四起的混乱中，六月雷的驭马术最为高超娴熟，扬的逮法最是飘逸洒脱。扬直击目标，一扑而中，六月雷纵马赶到，用戴有手套的手从扬的爪下取走猎物，并犒赏扬一块上好的鲜肉。在整个狩猎过程中，六月雷一直是慕容楚楚瞩目的人。

慕容楚楚常常去六月雷那儿玩，去时一定会带上扬喜欢吃的生鲜牛肉，以致六月雷有次半真半假地跟慕容楚楚说："我倒希望和扬换换角色，也能得到一块你带来的牛肉。"说这话时，六月雷看慕容楚楚的眼神热辣辣的。慕容楚楚避开他的眼神说："有你的啊，别嫉妒。"慕容楚楚拿给六月雷的是一小箱牛肉干，她弯腰放下牛肉箱时，吊带装上露出的那半朵淡蓝色花儿就在六月雷的眼皮子底下了，这样近距离的诱惑要六月雷怦然心跳，他伸出手在空中犹豫了一下，就搭在了慕容楚楚那滑腻的右肩上，他想把手往下滑一些揭开那挡住他视线的吊带装。慕容楚楚一下子直起腰，脸子一绷。六月雷吓得立马拿开手，此后再不敢对慕容楚楚有什么直接的肢体语言，但慕容楚楚文身的诱惑，越发在他心里扎牢了根。

六月雷越来越喜欢慕容楚楚了，他暗中训练扬一种小把戏。有一天，慕容楚楚又来六月雷这儿玩，六月雷故意让扬表演抓物飞行给她看，扬飞起来时他没有吹哨子指示方向，扬犹豫着低空盘旋了一圈又一圈。六月雷急促地吹了三声哨子，指示给扬方向，扬出人意料地飞冲向慕容楚楚，利爪准确地抓起慕容楚楚的吊带装，在慕容楚楚的万分惊愕中，刷地将吊带装划成两半，慕容楚楚的肌肤却毫发无损。仿若春光骤泄旖丽无限，慕容楚楚光洁雪白的后背上纹满了深红、湛蓝、尊黄的大罂粟花！它们怒放得无比妖艳并且媚人至骨，充满着绝望和死亡的气息。六月雷只觉触目惊心。

慕容楚楚惊魂甫定后，怒视了一会儿六月雷，忽地向六月雷兴致阑珊地笑笑，六月雷就觉那笑消尽了他们间的情意。慕容楚楚披上外套，再不回头地走出了六月雷的视线。

六月雷呆立着，实在想不明白慕容楚楚为什么要在后背上纹这么华丽绝望的罂粟花。

死　友

张劭洁衣静坐室内默算范式几时应到，忽然笑道："巨卿到了。"整衣出迎，未几，范式果然风尘仆仆赶到……

山阳人范式，字巨卿，年轻时外出求学，和汝南人张劭结为朋友。范式毕业回家，张劭远送十里。范式再三劝止，张劭遂于长亭设馔："今日一别，便与兄千里遥隔，不知何日再见。"言罢下泪。范式满饮三杯，拱手作别："元伯（张劭字）请回，两年后拟过府拜尊亲。"

唢呐呜咽

时长亭外杨柳垂拂，绿茵千里。范式登车自去，不下车帘，状甚依依。张劭伫立远眺，直至车马消失方怅然而归。

光阴易过，倏忽两年，又是春和景明杨柳依依时，忽然一日，张劭请母亲准备酒饭等候范式的到来。劭母将信将疑："阔别两年音信俱无，又千里遥隔，难道果能为一句话而千里迢迢来践约吗？"张劭回答："巨卿是个守信用的人，必不误期。"劭母只得准备酒饭。张劭洁衣静坐室内默算范式几时应到，忽然笑道："巨卿到了。"整衣出迎，未几，范式果然风尘仆仆赶到，两人执手入内。范式升堂拜饮，尽欢而去。劭母慨叹："巨卿真信士啊。"

范式走后不久，张劭卧病不起，同郡人郅君章、殷子征，每日前去看视，张劭叹息说："可惜不能见我死友！"子征听了忍耐不住问张劭："我和君章如此关心你的病情，也可算是死友了，你还再求什么人呢？"张劭哽咽着说："你们的情谊不是不厚，但只能算为生友，不能称为死友，如山阳范巨卿才是死友啊。"郅、殷两人没见过范式，对张劭的话似信不信的。

过了几天，张劭溘然长逝。这时范式已经当了他所在郡的功曹官，一天夜里，范式梦见张劭黑冠垂缨地走来叫他："巨卿！巨卿！某日我死，某日当葬，君若不忘旧交，能来葬我吗？"范式才要答话，忽然从梦中惊醒，不由双泪长流，以致湿透了枕头。第二天，范式到郡守靖了假，立即身着缟服白马素车地疾驰汝南。

张家已经将张劭的丧枢抬到了墓穴边，但是丧枢的重量突然超过寻常，无法移进穴内。张劭的母亲抚枢哭道："元伯莫非另有他望吗？"遂令暂且将丧枢停在穴边。没多久，众人远远看到一辆车驰来，距离还很远，劭母遥指着说："来的一定是范巨卿！"

随笔随语

等素车到前，果然是一身丧服的范式。范式抢步哭拜柩前："走吧元伯，死生异路，从此永别！"一言说得众人皆哭。范式执绋引柩，丧柩顿然改重为轻，当即入穴。范式伴着丧柩留宿穴中，并监督工人造墓，及墓造成，又亲自在墓前植上小树，等一切妥当，才哭辞归家。

二先生

一年后，县令去看二先生。二先生看看县令头上的乌纱帽和颔下花白的胡须，说："你终于来了。"说完，溘然长逝……

李逸臣，行二，设馆邯郸，人称二先生。

二先生每在馆内讲书，就见一少年爬窗聆听。一日，二先生外出访友，在路上遇到少年。少年衣衫破旧，挑着一担柴。见了二先生，少年很恭敬地避在路边。二先生忽然心中恻隐，问少年："你在窗外听了很多日子，能不能讲几首毛诗？"少年将柴放在地上，先背了几首《诗经》中的诗，又讲要义，再说注释。二先生听得心喜："你怎么不上学？"少年低声说："家无隔夜粮，我每天卖的柴仅够饱腹，哪有钱上学。"二先生说："我不收你的钱。"少年目光如炬，仰望着二先生："我一定考取功名回报先生。"二先生笑："那我可等着你。"

少年遂入馆，每三日供二先生一担柴。少年勤奋好学，博闻强记，不多久，才名渐起。二先生很是得意，愈加器重少年。

后来，二先生偶染小疾，转成重病，只得辞馆回家养病。少年跟二先生泣别，少年说："学生决不辜负先生的厚望。"二先生说："我会等到那一天。"回到家后，二先生的病一直没好。不能坐馆的二先生，只能过着穷困潦倒的生活。无聊时，二先生就想他教过的学生中哪个会有出息，想来想去，只有那个卖柴少年希望最大。二先生知道少年不轻诺，所以二先生总是跟别人说那个少年有一天会功成名就地来看他，来报答他。二先生将这话说了四十多年，没有人再信他。病歪歪的二先生，竟然活到了八十多岁。八十多岁的二先生，每天都有死去的可能。

那个卖柴少年在这四十多年里，历尽艰辛，逢场必考，却场场不中。在他六十多岁时，总算考取了一个功名，授职魏州县令。

一年后，县令去看二先生。二先生看看县令头上的乌纱帽和颌下花白的胡须，说："你终于来了。"说完，溘然长逝。

县令跪伏二先生床前，磕了几个头，没有恸哭。

县令厚葬了二先生，算是对二先生的报答。

不久，县令辞职归隐乡下，终老不再出仕。

吹　术

小蛤蟆终于领会了郑蛤蟆不肯让他吹哀调的苦心，但小蛤蟆已身不由己了，每逢吹奏，他双目紧闭摇头晃脑，完全当年郑蛤蟆的模样……

乡下死了人办白事，必请一个吹术班子壮场面。不管有钱无钱，谁也不肯让死者冷冷清清地去，好歹活了一辈子，吹拉弹唱地闹腾起来，也算死后荣身，儿孙有脸面。

吹术班子，顾名就知主活是吹，吹唢呐。少不了笙。也可以有笛子。二胡、鼓、梆子、锣、钹，这些足够组成乡下一个粗俗的音乐体系。大多班子的人数为十几个，演员不化妆，光鼻子净眼日常服饰地往场中一站，举手投足便是生、旦、净、末、丑。唱前是一大段时间的唢呐领奏，此时，吹唢呐的可以大展身手，一枝独秀。其时，天已昏暗，当街空旷处点一盏亮辉辉的汽灯，灯的四周蚊蛾扑绕。一张桌后，吹唢呐的正襟危坐，左右两个吹笙的，或者有一个吹唢呐的副手。唢呐调子越哀越得主家欢心。

郑蛤蟆吹的唢呐调子之哀没有能比。他的名字三岁孩童都叫得稔熟。童谣道：蛤蟆爹，蛤蟆娘，蛤蟆一哭断人肠。

张庄死了人，下帖子靖郑蛤蟆的吹术班子。

郑蛤蟆新收一小徒弟，孤儿，第一次随师父外出吹唢呐。

暝天暗地，一盏白惨惨的汽灯，四周一圈黑压压的观众。郑蛤蟆瞑目鼓腮，唢呐吐出一个长长的颤音，继而音声大作，苍凉悲壮，若断金裂玉，很快又低回凄婉缠绵悱恻，随后呜呜咽咽不绝于耳……

瘦弱的小徒弟坐在长凳尾端，身子罩在宽大的衣服中，个头才高过桌面。他从没听过这么悲凉的唢呐，郑蛤蟆只教他些平常欢悦的曲调。他呆呆地张着大眼睛，瞠视着摇头晃脑双目紧闭的师父，泪盈满了眼眶，又溢出直淌下巴，滴落胸前衣襟。

唢呐奏毕，观众寂然。稍停，掌声暴起，如雷轰鸣，间杂叫好声。

郑蛤蟆起身弯腰致谢。着丧服的主人以托盘进一红包，特别酬谢郑蛤蟆。

小徒弟不知道吹唢呐还会另收一份赏钱，心想："学会了师父的本领，才是捧住了铁饭碗。"

在两人独处时，小徒弟仰望着师父恳求说："我要学你吹的调子。"郑蛤蟆抚摸着他的头叹说："你还小，不要学这个。"小徒弟觉得师父要留一手，于是处处留心师父的吹奏，日久，竟能学得神似。郑蛤蟆看他一心要学，就悉数传授了他，并说："以后你可不能怪我。"

小徒弟的技艺日臻神妙，人称小蛤蟆。

郑蛤蟆死后，小蛤蟆成了班主，领着吹术班子飘乡过镇，调子越吹越哀，心境越吹越悲凉。

小蛤蟆终于领会了郑蛤蟆不肯让他吹哀调的苦心，但小蛤蟆已身不由己了，每逢吹奏，他双目紧闭摇头晃脑，完全当年郑蛤蟆的模样。

小蛤蟆发誓不收弟子。

蛊

毛大用一枝细柔的竹篾挑拨它们，怒者愈加昂奋，惧者勃然转怒，顿时，它们纠成一团咬杀起来，瓶内响声不绝……

把许多毒虫放在器皿中，使它们互相咬杀，最后剩下不死的毒虫叫蛊，可用来毒害人。大青山一带，多放蛊人家，他们分散在深山莽林中，或木屋栅栏掩映绿树间，或茅屋土墙独居山坡上，各不比邻。

蛊毒，毒药中的极品，土匪、盗贼、猎户、兵痞，都以得到一点点而沾沾自喜。

毛大，蛊户中最为著名者，他采选毒虫按节令相优劣，所以放的蛊极毒。

日军盘距了大青山下的县城，戴眼镜的随军研究员山木，听汉奸说这一带的蛊非常厉害，不由怦然心动。他正在寻找一种杀伤力极强的毒药。日军屠杀中国人用尽了各种手段，比如放毒气、活埋、水淹、火烧、枪毙，仍嫌费手脚，上面指令山本找出一种更有效的办法。

一个着长衫戴礼帽、眼镜的白净中年人来访毛大了。其时，毛大正在注视着一个大玻璃瓶子，听见有节奏的敲门声，用布置严瓶子后才去开门。门外文质彬彬的人脱帽致礼自称是皮货商，代他的猎人朋友买蛊毒药大兽。毛大就卖给了他一点点白粉似的面面。隔几天，皮货商就来一次，毛大慢慢和他熟起来。皮货商真是见多识广，说起话来极有见的，尤其谈到各种毒虫的习性，更是扳指道来。毛大虽然对这些毒虫熟得很，却不明白它们何以如此如彼。毛大十分钦佩皮货商，所以一天皮货商乘机提出看放蛊，他就毫不犹豫地答应了，并且订下了日子。

放蛊的日子到了。毛大从几节竹筒内分别倒出毒蛇、蜈蚣、蝎子、毒蜘蛛等十多种形貌丑恶怖人的毒虫，然后择几种用木夹轻轻投放进大肚小口的玻璃瓶子里。瓶内的毒物有的怒目昂首作势欲扑，有的缩头陷颈惕惕然后退。毛大用一枝细柔的竹篾挑拨它们，怒者愈加昂奋，惧者勃然转怒，顿时，它们纠成一团咬杀起来，瓶内响声不绝。

皮货商俯视瓶内，目光利如鹰隼，似乎能穿裂镜片。毛大无意间瞥到皮货商那残忍而又级度兴奋的眼光，心中猛地一颤，但没有多想别的。瓶内已经安静下来，只踽踽爬行着一只暗青色的蝎子，它周围僵尸四布。毛大将剩下的毒虫投放进去，瓶内暗寂了的战场极快又起了厮杀。等到瓶内二度静寂时，残尸迭累，无一存活。突然，从一具蝎子的尸体下竭力爬出一个绿眼莹莹的血红大蜘蛛。

"呀希！"皮货商脱口而出。毛大如闻惊雷。在这个日本人最受敌视的时期，没有中国人会脱口说出日本话。

"你，日本人？！"

"不不，别误会，我在日本住过几年。"

突然，毛大出其不意地扯开皮货商的长衫，里面露出日军装束。毛大的脸抽搐了一下。皮货商干脆脱下长衫，傲慢地说："我是日本研究员山本，可惜你知道得太晚了。把蛊交过来。"毛大风闻日军正在寻找一种更厉害的杀人方法，只是没想到他们盯上了自己的蛊。毛大的脸更强烈地抽搐了一下，跟着劈面一拳打过去，山本的头给打得扭向一边，嘴角流出了血："日本佬，你别想得到它！"毛大把瓶子紧紧抱在怀中。山本抹去嘴角的血，拔出手枪向毛大腿上开了一枪，毛大疼得弯下一条腿。山本冷笑着又向毛大的另一条腿开了枪，毛大就整个身子扑倒地上，摔碎了瓶子，蛊爬了出来。

山本转身去寻木夹。毛大用颤抖的手捏起那只怖人的血红大蜘蛛，填进嘴里，闭上眼嚼着。很快，山本寻了木夹回来，蹲在毛大脸前，用木夹在一堆僵死的毒虫中拨寻蛊。山本的手离毛大的脸极近，毛大猛地一伸颈子，张口咬住了他的手背。山本疼得大叫，等挣脱了，手背上血流如注。山本狂怒地一连打了毛大五枪。毛大仰躺在血泊中，露出牙齿冲山本笑，说出最后一句："你，永远得不到蛊！"山本看到毛大牙齿间残留的红色肢节，绝望地明白自己中了蛊毒。他想赶快离开这里，刚跨过门槛，就猝然倒地，头垂在门槛内，脸上满是恐怖和痛苦，正好和毛大那张充满怪笑的脸相望着。

埙

陶爷的啸声骤强，隐隐有山崩之势，满室的埙都发出了破音。再一啸，高至极处，收藏室内哗声四起，碎片飞溅，所有的埙震碎地上，一室狼藉……

慕水镇的黏土好。慕水镇没有别的土特产，就有黏土，所以慕水镇产陶制品，埙是其一。

埙是古时候流行的一种六孔乐器，状如水滴，音质苍郁。别的地方极少烧制，慕水镇的小孩子却吹着满街跑。

陶爷搓捏了一辈子陶土。陶爷这一辈子专捏埙。陶爷的埙捏得好，古拙朴素，吹吹，让人怀疑泥土中怎会发出这么销人魂魄的声音。于是，陶爷的埙就有几件摆放在了省民间手工艺术品展览厅里。

陶爷是吹埙高手。慕水镇的人们相互传说陶爷一吹埙，尤其在晚上，那呜呜咽咽如泣如诉的声音，会勾来鬼魂倾听。

有一个白净年轻人，每到陶爷的埙出窑时，总是恰好赶到，从一窑中选走最好的。年轻人深谙乐理，又懂鉴赏，连陶爷都不得不佩服他选出的埙是一窑中的精品。

陶爷的埙花样繁多大小殊异，大的如瓮，小的似细螺。这绝大绝小者，只有声音高下的区别，吹起来中音合律，神似母子。这样的埙，陶爷不用听音观色，只要用手一摸，就知优劣。年轻人选埙时，不厌其烦地逐个细看品吹。陶爷因为年轻人喜欢他的埙，所以喜欢年轻人。陶爷粗糙的大手在成列的埙上轻轻滑摸一遍，仿佛不经心的样子，从中拿出一个，就将一窑中最好的埙给了年轻人。

埙出窑时，年轻人偶尔一次赶不到，陶爷便等，直到年轻人满脸着急赶来，又满脸愧色选去好的，这才开卖。

如此过了几年，一天年轻人忽然邀请陶爷去他的收藏室看埙。进入收藏室，陶爷的眼一亮，陈列架上，一排排大小不一花色各异的埙摆放着，有的放在红缎衬底的盒内,有的给巧妙地支架在玻璃上。陶爷想不到这泥土捏造的玩意儿，到了年轻人这儿，给如此隆重地装饰起来，更想不到自己的埙汇集起来，竟这么壮观瑰丽。陶爷不由有点懊悔自己捏了一辈子埙，怎么就没想到收藏。陶爷看着看着就高兴起来，所以在年轻人说要将这些埙送到市里展览时，陶爷说他要倾一生经验，给这些埙安置一个灵魂。

陶爷一连烧了十窑，每烧一窑，就仔细选出一个，选出十个后，用拇指粗的铁棍逐个敲击，九个哗然碎裂，只有一个嗡然铮然，完好如初。用扇子向埙口扇风，动听的声音自孔口流泻出来，高低音清晰可辨。

陶爷拿了这埙到年轻人的收藏室，轻轻一吹，满室的埙细声应和，慢慢加力，和声渐高，宛如百十人在同时吹奏。陶爷停下吹奏，一室的埙仍余振袅袅，许久才寂然消声。年轻人惊呆了，直到陶爷将埙放到他手里，才清醒这不是神话。

年轻人忙着联系展览的事。陶爷怎么也想不到车祸会发生在年轻人身上。在医院里，年轻人跟陶爷说的最后一句话是："那些埙都交给您了。"

须要发皆白的陶爷，站在年轻人的收藏室里，环顾一室林林总总的埙，突然发出数声长啸，悲怆悠长。一室的埙纷纷应和，呜呜不绝。陶爷的啸声骤强，隐隐有山崩之势，满室的埙都发出了破音。再一啸，高至极处，收藏室内哗声四起，碎片飞溅，所有的埙震碎地上，一室狼**藉**。

陶爷颓然坐在碎片中，就像一个震伤的巨埙。

第四辑　社会报告

　　　　尘世纷扰复杂，决定了生活存在的多面表现。感知与表现社会生活、反映问题、揭露矛盾，呈现人生百态。历史是曾经的现实，现实与历史总是会有很多相似。社会报告是多棱镜，是手术刀，是振聋发聩的警钟和要人深思的前车之鉴。

跳夜舞的倩儿

　　倩儿在古典郁重的古筝曲中，以不可想象的韧度，伸屈造型着她的美丽。我向后仰着头，举起酒杯遥敬倩儿，并随着古曲暗哑低唱："宁不知倾国与倾城？佳人难再得！"……

　　我喜欢看倩儿跳舞，尤其喜欢看喝了酒微醺后的倩儿跳舞。

　　倩儿是我在"自由花"认识的。那阵子我常去"自由花"，"自由花"是一家慢摇吧。那阵子，我一个人特别无聊，不是无事消遣的无聊，而是没法安顿心里隐痛的无可聊赖。于是，我就去"自由花"寻欢作乐。

　　那夜，"自由花"里的DJ音乐，华丽丽地迷醉着我的感性和认知。

我多是喝了酒后，就在一堆乱扭的男女中，举着双手摇摆。微醺中所见，觉得尽是影影绰绰的妖精，有个特别出众的妖精，引起了我的注意，她就是倩儿。

当时，倩儿正如美女蛇般媚惑着众生，也许她不知道正在蛊诱着我们。她的腰肢看上去柔软极了，在激光下，她一时后仰，弯弯曲曲地无限接近地面，很快又忽地直起腰来，一时又左右摇摆着脑袋，激荡得长发乱丝飞瀑地流贴在脸上。她的舞跳得恣肆汪洋旁若无人，再加上她的星眸红唇，就有许多男的女的，停下跳舞就为了给她鼓掌。

倩儿停下来时，有自信满满的男子，上前请她共舞。我也想请倩儿跳支舞，有个能随手而转的上佳美女舞伴，也不辜负了我今夜的买醉。即使微醺着，我也清楚倩儿不会选择我这种毫不起眼的男子。所以，我走到吧台又要酒去了。要了酒，灌一口，手持酒杯，看着对面的倩儿，虚举一下，遥以致意，心里愈觉感伤。

事实上，倩儿不想跟那些男子跳舞，她穿过人群，径直向吧台这边来，边过来边向我点头致意。我一时迷惘不已：她跟我认识吗？就算我刚才隔空向她举了酒杯，她也不可能看到。

倩儿在吧台要了一杯酒，端着，滑步贴近我，满满一杯酒，甚至都没有漾动。倩儿笑笑地问我："喝了酒，我请你跳一支舞好不好？"说完，倩儿切切实实跟我碰了一下杯，先干为敬了。我左右看看，确定倩儿在邀请我，不仅没有受宠若惊的感觉，反觉更加感伤。我什么也没有说，一口仰尽杯中剩酒，把空酒杯置回吧台上，拉着倩儿就下了舞池。

我握着倩儿的手，只觉她的手柔若无骨，倩儿却嫌我双手寒凉。倩儿说她有点醉了，这之前她已经喝了两杯酒。我就让她贴靠在我的胸前，两人相拥慢摇。虽然美人在怀，我心里的感伤，反倒漫天扯地起来。最后连倩儿都推开我说："你身上的阴寒气太重了，我还是一个人去跳会儿吧。"

我就是这样认识倩儿的。倩儿，一个喝得微醺的女子，眉眼含笑地沉溺在自己的幻境中，而且舞又跳得极好，怎能不叫人心动。我暗中问自己对倩儿心动没有，相反，倩儿让我感觉愈加忧伤。

认识倩儿的时间也不短了，倩儿再不主动跟我共舞，我也乐得她跳我看，彼此在酒精的微醺中，感觉着对方，谁也不想更进一步。

我习惯了去"自由花"，就像习惯了看倩儿跳舞一样。那个晚上我有预感，特意把自己打扮得隆重体面起来。倩儿看上去是精心修饰过的，香肩裸露长裙曳地。我们在"自由花"的角落坐下后，我先叫了两杯酒，然后递给倩儿一朵花儿，不是玫瑰，是一朵勿忘我。倩儿接过花儿，嫣然一笑，问我："知道我要走？"我点点头："昨晚你无意中流露出一点口风。"倩儿笑笑："我明天就要到别的城市去了，今晚还真是跟你告别的。知道我为什么能在那么多人中，独独被你吸引吗？"我摇摇头。倩儿接着说："我看见你的第一眼，就被你的忧伤吸引，它很像我曾经有过的心痛。能对我说说你的故事吗？"我怔怔地看着倩儿："你像一个人，一个在我心里，谁也不能代替的人，我却永远失去了她。"倩儿喝掉酒杯中的酒，站起来："你我都是伤心人。我要给你跳最后一支舞，或许你也会永远记着我。"

倩儿起身走到小舞台上，大概操盘手早已被她嘱咐过，她一上去，迷幻华丽的重金属音乐，就换成了节奏散漫舒缓的古筝曲《北方有佳人》：北方有佳人，绝世而独立。一顾倾人城，再顾倾人国……

　　倩儿在古典郁重的古筝曲中，以不可想象的韧度，伸屈造型着她的美丽。我向后仰着头，举起酒杯遥敬倩儿，并随着古曲喑哑低唱："宁不知倾国与倾城？佳人难再得！"

你在哪里等着我

　　我最后一次看到安易娜是在三十年前，最令我惊奇的是安易娜依然是我三十年前最后一次看到她时的装扮，而且岁月丝毫没有摧毁她的容颜，仿佛我只是昨天才和她分手……

　　一上高速路，我就不由自主地飙起车来。每次飙车，我都有种奇怪的感觉，仿佛我被某种不可知的信息导引着一路飞驰。每次飙车都非出自我的本意，仿佛我的车自己要飙，而我又无法控制它，只有飙了。

　　这次飙车尤其让我觉得玄乎，车速高得都有不是我的最高车速了，大概火箭也不过这速度吧。我看不清高速路两旁向日熟悉的景物，等我能够看清时，我更奇怪了，我不知道自己何时下了高速路，又怎么行驶在一条陌生的简易公路上。看看油表，油箱里已没多少油了，隔着车窗，我看到加油站旁边停着一辆三十年前流行现在已显得十分老旧的汽车，那白色的车号尤其醒目：D1544。车前站着一个女子，那女子给我的视觉震撼不亚于八地震：安易娜，那个善于遗产跳孔雀舞的安易娜！我最后一次看到安易娜是在三十年前，最令我惊奇的是安易娜依然是我三十年前最后一次看到她时的装扮，而且岁月丝毫没有摧毁她的容颜，仿佛我只是昨天才和她分手。

三十年前，我和安易娜是西南民族学院的同学，在一场晚会上，她跳的孔雀舞惊艳了整个学院。她的父母是高干，而我出身贫寒，像那些寒门学子多勤奋的例子一样，我的成绩是引人注目的，才子佳人的故事在我和安易娜之间上演。毕业后我一时没有工作，安易娜的父母极力反对我们在一起，我是个自尊心极强的人，考虑再三，决定和安易娜分手。我清清楚楚记得三十年前那个寒冷的冬天，在我的要求下，安易娜开着她家那辆车号为 D1544 在当时算得上款式新颖的私家车，载我到郊外准备作一次互不伤害的分手长谈。车子停在郊外的公路边上，那个上午，天灰蒙蒙的，太阳苍白地浮在空中。我说了许多不得不分手的理由，安易娜看着我一直摇头说："那不是你真正的理由。"我只得坦白说："你的父母非常看不起我，我的自尊心不会让我去屈辱地讨好他们，你只能在我和他们之间选择。"我的不妥协让安易娜流下泪来，她实在不能在两者中抉择出一个，只能生气地让我下车，她在方向盘上痛苦地伏了很久，然后仰起头大声跟我说："父母和你，我都要，记着，我等着你。"说完她就发动车子加大油门绝尘而去。在我的印象中，那是种很奇怪的景象，安易娜的车子开得极快，我原以为她开那么快是在发泄心中的痛苦，可眨眼工夫，她的车就消失不见了，仿佛有什么不可见的临界面给她撞了进去。公路上空荡荡的，照她的车速应该在那条绵长的公路上行驶好一会儿后才看不到的。当时我没多想，此后她再没有跟我联系，我以为她听从了父母的话，我伤心地远走他乡了，很长时间后我慢慢淡忘了她。

三十年后，我再次看到安易娜，如果是纪录片倒还罢了，可一个和三十年前一模一样的安易娜站在加油站的汽车前，而且那辆车我也认得，如此骇异的事，就算不惊悼魂儿，也觉如在梦中了。这时安易娜上车发动了机器，我紧张得心都有要从嗓子眼跳出来了。安易娜开车上路，我顾不上加油，急忙追随着她上了公路，罗只有一个念头，追上她问个明白，可我怎么加速都赶不上前面那辆老旧的汽车，我把车速加到了最高，可倏忽一下，我却置身在熟悉的高速路上了，那条简易的公路不见了，更没了安易娜的车子。

事后，我百思不得其解那究竟是怎么一回事，但有一点可以确定，那绝不是做梦。不久后，我遇上了民族学院的一位久未联系的老同学，我向他说起这件奇事，他反倒问我："难道你真的不知道安易娜失踪的事？"他看我一脸惊诧，接着说，"三十年前，安易娜开着她家的车突然失踪了，她的父母遍寻不见就报了案，现在警局里还有备案。"不用说我的震惊是多么大。

通常人们认为我们的空间是三维的，加上一维的时间，可有的科学家认为空间是十维的，若有虫洞存在，我们就有可能会穿越时空不期而遇到一些奇事。

安易娜，你究竟在哪里等着我？

把美女带回家

> 这时，那个长发及腰的大美女就出现了，她站在周大伟的车窗边上，穿着一袭黑色风衣，黑皮裤黑马靴，身材窈窕中透着健美，眉眼极是精致，嘴角紧抿，脸色银白得近于尊贵……

周大伟一直感激那个叫谢云的舞蹈编导，在他出车祸后献出自己的眼角膜让周大伟意外失明的双目得以重见天日，并且更具欣赏力。

周大伟是在汽车里发现那个大美女的。当时天已黄昏还下着小雨，这个交通混乱的路口，又像给卡了嗓子似的塞了车，周大伟坐在他的"宝马"里，一边等交警疏通道路一边向车窗外张望，这时，那个长发及腰的大美女就出现了，她站在周大伟的车窗边上，穿着一袭黑色风衣，黑皮裤黑马靴，身材窈窕中透着健美，眉眼极是精致，嘴角紧抿，脸色银白得近于尊贵。周大伟心里惊叹："世上竟真的有这样绝色的女子！"美女只在周大伟的车窗边站了一会儿，就寻路自去了。等交警恢复了正常的交通秩序，哪里还能看见美女的影子？周大伟怅然若失地驾驶着"宝马"拐进了一条僻静的小巷，美女竟在前面走着，路灯下，一副风华绝代的样子。

周大伟将车停在美女的身边，打开车门殷勤地向美女说："小姐，如果你没顾虑的话，我愿意捎你一程。"美女面无表情地看看周大伟，周大伟忙解释说："我是看你在雨中淋着，想帮你一点忙。"周大伟心想他也太唐突了，哪有单身女子在这样幽僻的地方上一个陌生男子的车呢？美女却什么也没说地上了车。周大伟关好车门问她："我把你送到哪里？"美女竟说："随便。"周大伟有些意外："你是说想随便遛遛？"美女心不在焉地嗯一声。周大伟满怀艳遇的惊喜，将车开到这个城市最亮丽的马路上兜风，并特意打开音响播放着一首首优美的音乐，车内的气氛很是温馨浪漫。美女安静地坐着，不知在欣赏音乐还是在欣赏沿路的风景。从华灯初上到满城流光溢彩，周大伟几乎将城市绕了两圈，美女还是一副到哪儿都可以的神态，也不说话，对周大伟的几次问话更是置若不闻。周大伟实在忍不住了："你要是真的没地方可去，我愿意邀请你到我家里坐坐。"这次美女点头了。

　　周大伟独自居住着一套很大的房子，家中布置得既豪华又有格调，尤其那套高质量的音响，很是引人注目。周大伟把美女带回家后，问她："要不要吃些什么？我可饿了。"美女说："随便。"周大伟就进厨房弄吃的去了，过了一会儿，美女也跟了进来，看周大伟的厨艺实在糟糕，翘了翘嘴角说："还是我来吧，别可惜了这套好厨具。麻烦你给我放那首《霸王卸甲》古筝曲。"周大伟出去打开音响，一时大弦嘈嘈得震撼人心，小弦切切得让人黯然销魂。储存室里食材丰富，美女的厨艺出乎周大伟意料地高超，无论剁切还是翻炒，都有种中节合律的美感。周大伟不由得看呆了。

　　很快，美女弄出了一桌色香味俱全的丰盛晚餐。周大伟拿出一瓶白酒："喝点吗？"美女伸过去酒杯，周大伟给她倒上："到现在我还不知道你的名字。"美女喝了一小口酒："罗小刹。"周大伟：

"家住哪里？"罗小刹淡淡地说："附草依木，居无定所。"周大伟自作聪明地说："哦，你是说今晚要住在我这儿了？"罗小刹仍然是一脸无所谓的样子。

睡觉时，周大伟指着自己那张很大很舒服的床问罗小刹："这上面睡两个人很舒适，那边房间还有一张单人床，你想睡哪一张床？"罗小刹脱下风衣甩掉马靴，坐在了大床上。周大伟就笑笑："看来这个晚上要有两个人在这张床上睡了。"

音响里放着《春江花月夜》，罗小刹自顾脱去外衣只穿内衣，婴儿般俯睡在床上。卧室里的气氛温馨暧昧得要周大伟几近窒息，他心慌意乱地爬上床，想把罗小刹翻过来，再想不到罗小刹长在床上似的竟然纹丝不动，任周大伟费力徒劳地折腾着，只管睡得醉了一样。周大伟又着急又狼狈，额上都渗出了汗，终究不舍放手，只好侧抱着罗小刹。罗小刹的身上有一种遮掩不住的凉意，_丝丝缕缕_直抵周大伟的心底。

第二天，周大伟上班前，笑着问罗小刹："我要去上班了，在我上班的这段时间里，我不知该怎样更好的安置你，你愿意待在家里等我吗？"罗小刹不置可否，周大伟在她的额上吻吻："在家等我，很快我就回来了。"周大伟出门时，看见罗小刹脱下的外衣口袋里滑出的一面精美小镜子，背面有罗小刹摄人心魄的照片，就随手捡起放进自己的口袋里，然后细心地将门反锁起来，他可不想让罗小刹飞走。

这一天的班，周大伟上得魂不守舍，开小差的念头从没有这样强烈过。他拿出罗小刹的小镜子，爱不释手地玩弄着，无意中看到正面映出一个正在跳舞的罗小刹，他好奇地看看小镜子的背面，依然是罗小刹迷死人的头像，再看正面，还是一个跳舞的罗小刹，但他想到自己有一条从日本带回来的毛巾：毛巾上是个穿和服的美女，将毛巾浸在水里时，美女就自动脱下了和服成了裸女，拧干毛巾，她就又穿上了衣服。周大伟寻思也许这小镜子也是来自日本的稀奇古怪的小玩意儿。好不容易熬到下班，他连公文包都顾不上拿就开车回家了。钥匙还在锁孔中转动，他的心就开始了狂跳："罗小刹，我回来了。"他推开门，满心以为他捡来的绝代佳人会出现在他眼前，但他找遍了所有的房间，甚至角角落落能藏人的地方，哪里有罗小刹的影儿？他惊诧极了：门锁得好好的，只有他一个人有钥匙，家又在十三楼。周大伟既惊疑又烦躁，失魂落魄的他控制不住地想去大街上找罗小刹。

周大伟沿着马路漫无目标地走着，一路上东张西望，发现可疑的人影就过去看看是不是罗小刹。天色越来越暗，渐浓的黄昏显得凄迷梦幻起来。周大伟都找一个小时了，没有发现一点线索，他失望到了极点，当他走到红坊大剧院的门前时，忽然看到一个背影极似罗小刹的女子走进了剧院，当时剧院门口张贴的海报说今晚由国家一级舞蹈团上演《梁祝》。因为舞蹈在中国向来曲高和寡，买票进入观看的人并不多，周大伟急忙买了一张门票走了进去。

舞蹈已经开始了，台上波光潋滟，正在上演经典剧目《梁祝》。周大伟哪有心思看节目，他在一排排座位间寻找那个疑似罗小刹的人，引来许多人的白眼和责怪，不得不尴尬地随便找个空位子坐下来。第一场草桥结拜，第二场同窗共读，第三场楼台抗婚，第四场殉情化蝶：满怀怨情的梁山伯在极度悲哀和绝望中死去，身穿嫁衣的祝英台呼唤着山伯狂奔在旷野中，她悲痛欲绝地扑倒在山伯坟墓前，头撞坟裂，两人化身为蝶……

唢呐呜咽

第四场感动了许多人，连没心看演出的周大伟也不觉唏嘘动容，他身边忽然有个女子幽幽地在他耳边说："这个剧目的女主角原来一直由我担任。"周大伟侧脸看去，顿时大喜过望，坐在他身边的正是踏破铁鞋无觅处如今得来全不费工夫的罗小刹！在灯光昏暗的剧院里，罗小刹垂直的长发几乎遮住了她一半的面孔，她的面孔白得失常。周大伟一把抓住罗小刹的手："可找到你了，我都要急死了。"罗小刹的手几乎是那种没有温度的凉，她感动地看看周大伟，指指台上："我一直是这个团里最优秀的演员，除了跳舞，我不知道还有什么更喜欢做的事。"周大伟："那你就一直去跳啊。"罗小刹向周大伟笑笑，笑容凄迷忧伤："可我再不能在众目睽睽的舞台上跳舞了。"周大伟刚想问她为什么，这时散场了，剧院里的灯光雪亮起来。让周大伟恐慌的是转眼工夫不见了罗小刹，他可是一直紧抓着罗小刹手的。

周大伟心想罗小刹说她是这个团里的演员，他应该去团里找找她。后台上的演员在卸装，周大伟问一个已卸完装准备出去的女演员："罗小刹在不在团里？"女演员说："我是新来的，不知道有罗小刹这个人。"周大伟看旁边有个年纪大些的男演员："你知道罗小刹吗？"男演员倒印象深刻："知道知道，不过她半年前就死了，极出色的一个女子，就是太孤傲。"周大伟大吃一惊："她怎么死的？"男演员叹口气："我们团里有个叫谢云的舞编，才华横溢的一个年轻人，对我们团里的经典剧目《梁祝》做过大胆而又新颖的改编，我们团长不仅不采纳他的意见，还批评他哗众取宠。他为了证明自己的才华，呕心沥血地创编了《广寒宫》，由罗小刹独舞。凡是看过《广寒宫》的，无不惊艳。但我们的团长和谢云的关系已经拧了，就是不让《广寒宫》公演。谢云在郁闷中借酒浇愁，醉后驾车不幸死于车祸。据说他生前立有捐献眼角膜的遗嘱。"周大伟脱口说："我就是他的受益者，可你还没说罗小刹是怎么死的。"男演员看看周大伟，接着说："罗小刹和谢云是一对感情极深的情人，谢云死后，罗小刹决心要《广寒宫》公演，因为罗小刹的性格太孤傲，谢云的死对她的打击又太大，在多次受挫后，愤恨地自杀了。"

听了罗小刹的经历后，周大伟骇异地心想：难道是因为移植了谢云的眼角膜，才让自己看到了已死的罗小刹？

某一天傍晚，周大伟路过红坊大剧院，想到不久的以前和罗小刹在里面坐过，身不由已地走了进去。剧院里空荡荡的，尘埃满布。周大伟落寞地坐在一副座位上，突然台上灯火辉煌，那场"殉情化蝶"的舞蹈出现了，跳舞的竟是罗小刹，她那高难绝美凄哀的动作，看呆了周大伟。接下来是嫦娥独舞的《广寒宫》，这可从舞台上那银暗分明的巨大追光和玉树银花的背景看出。罗小刹的软开度和张力极好，舞蹈奇幻缥缈却又寂寥刻骨，美到让人绝望。跳完舞后，罗小刹以谢幕的姿势向着台下的周大伟深深鞠下一躬。周大伟不禁向台上的罗小刹伸出手去，可是生死陌路……

鼓 王

张自怀中出一小鼓，以指叩击。赵志恍惚见狂飙骤起，天恩浩荡，不禁老泪纵横："兄鼓豪放豁达，飞扬旷世，真是鼓王啊！"……

唢呐呜咽

赵志，冀州人，最善吹洞箫。每静夜月明，赵一袭素衣，端坐庭院石榴树下，瞑目持箫，调息运气，而后箫声自管内流泄，始温厚宽缓，继绵长悠远，经此平滑过渡，渐喑咽回旋，反复咏叹，若一妇人历春夏秋冬，过千山万水，千里跋涉，塞外寻夫。意境凄婉，催人泪下。

大鼓张，赵志同乡，其击鼓为时下一绝，人称鼓王。

时值抗日，各界爱国人士纷纷组织义演团宣传抗日救国。赵志、大鼓张作为乐坛名人，受邀出演。

台上，赵志衣衫曳地，玉树临风。大鼓张紧扎短靠，挺拔伟岸。赵志献艺，毕，掌声雷动。待大鼓张出场，先排出大小五面鼓，大者如轮，小者如盆。大鼓张手执四槌，口衔一槌，一声通天鼓，紧接着惊天动地大轰击，大鼓嗵嗵，小鼓嘭嘭，密似骤雨，狂似暴风，又如千军阵营万马奔腾，给人添加万丈豪气。赵志不禁心动神摇。

鼓毕，观众群情激奋，连连振臂高呼鼓王，当天就有许多爱国青年参了军直赴前线。鼓王名气传遍了大江南北。

八十年代，赵志的洞箫独奏、领奏，风靡全国，远播海外。大鼓张则在"文革"中被打折一臂，早不持槌了，今人几乎不知道他的大名。

但名扬天下的赵志教授，想听老友大鼓张盖世绝伦的大鼓，忧思成疾，一病不起，梦中总听天鼓轰鸣，海涛汹涌。

忽一日，云踪不定的大鼓张倏然而至，一袖下垂，空荡无物。张自怀中出一小鼓，以指叩击。赵志恍惚见狂飙骤起，天恩浩荡，不禁老泪纵横："兄鼓豪放豁达，飞扬旷世，真是鼓王啊！"

言讫，病愈。

佛　眼

石匠问禅师："佛眼如何？"

禅师合掌虔诚地说："慈悲天下。"

石匠笑："母亲的眼神只在我心里，此外都不是。"……

石匠来到泊云山石窟时，泊云寺的主持无念禅师和两个小和尚正候着他。石匠从背上卸下沉重的工具袋，向主持施礼。主持还礼说："施主舍身泊云寺，立誓雕一巨佛回报母恩，此诚大孝感天之举。您只管在窟内雕佛，饭食由本寺专送。"

石匠遂寄身泊云山石窟。石匠选好一处向外突的敞阔石壁后，便挥锤执凿，叮叮当当地干起活来，夜燃篝火以续白日。酷暑，汗从石匠身上汇流脚下，濡湿一片；严寒，唇、手冻裂，血洇浸自裂口出，坠地便成血冰珠。石匠终日披着一身沉实实灰蒙蒙的石屑，首如飞蓬，须如猬毛。

随着寒暑易替，叮当不绝的砸石声，在第十年的某一天忽然寂灭了。形似槁木的石匠，去泊云寺请无念禅师观佛。

禅师进入石窟后，就惊异地睁大了眼睛：石佛博大宏伟，精雕细刻，纤发可见，衣带恍若随风飘拂。禅师正欲极力夸赞，忽然见佛面无目，只有两处似目非目的浅浅刻痕，便疑惑万分地问石匠："这佛眼？"石匠仰视佛面，泪潸潸而下："母亲生我之时，便是她受难之始，分娩遇上难产，几乎丢了她的命。含辛茹苦哺育我到了十岁，一场大病使我奄奄待毙。母亲忽忽如狂，不顾风雪夜，一步一拜向山顶的泊云寺匍匐，中途失脚摔死山下。我侥幸存活了下来，每想到母亲便痛不欲生，发誓要把母亲雕成一尊巨佛，让普天下的人敬仰。我花费了十年的心血，终于雕成了这尊巨佛，可我怎么也完不成佛眼的工作，我怕因为一丝一毫的差廖，致使石佛的神韵不肖我的母亲而令我遗憾终生。"石匠扭头向禅师凄然笑笑，禅师看到石匠的双目非常俊美。石匠继续说，"可我的母亲不能没有双目。"说到这儿，石匠从身上摸出两枚铁钉突然刺进自己的双眼中，禅师大惊失色，石匠却从容于一匣内取出药物敷上双目，又用带子缠好，之后，抓蹬着石佛的衣褶胳膊，猿升猱攀地上到石佛的肩上，从腰间取出锤凿，一阵叮当急响，石屑如雪纷下。

等石匠下来，佛面上两眼赫然浮现：长目祥和俊美。

石匠问禅师："佛眼如何？"

禅师合掌虔诚地说："慈悲天下。"

石匠笑："母亲的眼神只在我心里，此外都不是。"

宰相坟

偌大的一片坟地，给马姓家祖的人哗啦一下分割包围了，瞬间，坟地陷入可怕的混乱中，黄土飞扬，光亮亮的钎上下挥动，族人相互斥骂着拥挤着……

随笔随语

马家镇南角是马姓家族的坟地，乍看坟包连叠杂木丛生，像是乱葬地，其实坟群是按辈分支系排列的。相传马姓祖先，也就是这坟群中辈分最高的人，曾官至宋朝的宰相，一门尊荣，后来宰相告老回家，终老故里，葬在了马家镇。

马姓家族以宰相为荣，年年给祖先添土培坟，那些黄土包虽然经风历雨，竟奇迹般保留了下来。马家镇的人都知道镇南角有个宰相坟，前两年，市文物局还派人下来察看宰相坟，并细细看了马姓家族的族谱，说要掘墓出土文物。马姓家族的人听说要挖祖坟，坚决不同意，经过工作人员解释劝说，才答应了。那几个工作人员说回去要经费，临走叮嘱马姓家族的人好好保护这些古墓，里面的东西也许非常有价值。那几个人一去不返，马姓家族的人催问了几次，答说没经费，这事也就搁下了。马家镇却暗中流传开了这样一种说法：宰相坟内有价值连城的奇珍异宝，坟内的东西就算碗碗罐罐，谁得到一件，也会发家致富。

马家镇原本民风淳朴，镇上的人大多又属马姓家族，宰相坟是他们的光荣，从没有想过坟内有奇珍异宝，更没想过盗墓。如今人人自觉不自觉地在想谁要是将坟内东西据为自有，那真是发天文数字财了。仿佛一夜之间，民风大变，人人想盗墓，人人又怕他人盗墓。怕盗墓在马姓家族中成了具有传染性的危机，于是集族公议，决定先派族人三个一班轮流守墓，再找出马宰相的嫡系后代，再于嫡系中找出掌门长子的后代，作为宰相坟的终身监护人，并有权决定古墓的掘与不掘及其他与古墓有关的事宜。一时人人希望自己是马宰相嫡系长子的后代，个个延颈等待结果。

经族中权威人士寻问族老查证族谱，剔除旁支溯源正宗，结果大出人们意料，马宰相的长子到清代就绝了后，次子的后代竟是傻蛋马拉拉。群情哗然，立时又觉得有这傻蛋等于没有，总比有个精明强干把古墓据为自家私产的好。族人仿佛又看到了希望。因此，当有人建议更换人选时，一致不通过。

马拉拉三十多岁，一年四季嘴角挂着光溜溜的哈喇子，整日放一群羊，别的什么也干不了。马拉拉虽然傻，也知道宰相坟中有宝贝，见了人就嘴歪眼斜地说："宝，坟中有宝，挖，挖出来多好。"有心怀鬼胎的就怂恿马拉拉说："马拉拉，你是马宰相后代中的正根，你挖坟谁也不敢拦。挖出宝后，就能娶个漂亮媳妇。"马拉拉信以为真，嘻嘻笑着回家扛钎挖坟去了。

消息像长着翅膀的鸟，绕着马家镇飞了一圈，很快，几乎全镇的人都知道马拉拉在青天白日下挖祖坟了。仿佛一声令下，马姓家族的人都拿着钎涌到了祖坟地，偌大的一片坟地，给马姓家祖的人哗啦一下分割包围了，瞬间，坟地陷入可怕的混乱中，黄土飞扬，光亮亮的钎上下挥动，族人相互斥骂着拥挤着。马拉拉给挤出了圈子，他干脆站到坟地的外缘，看着这发狂的混乱场面，拍手跺脚地大笑。

所有的坟都挖开了，那些砖室结构的坟墓破坏殆尽，墓里只有两具或一具的尸骨，没有一件宝物，甚至没有一枚铜钱。族人都怔住了，这也是一种传染，静得像真正寂无一人的坟地，连马拉拉也不敢笑了，那张永远合不严的嘴，难看地张得更大了，令人恶心的哈喇子从嘴角挂下。

突然，几个族老扑通爬跪在地上，号啕大哭起来："我们猪狗不如啊，竟让祖先抛尸露骨。"有几个族人开始悄悄溜走。

后来，马家镇又流传着一种说法，说马宰相当年犯了法，家产全给没入了国库。

书　焚

书的一角在火舌的舔舐下变成焦黑，又翻卷过来。他吹过去一口气，立时，灰飞烟灭。他感到一阵轻松的快意，又撕下了一张……

他这次的闭门谢客，绝非故作清高，只要看看他的弓身鲐背和倦容懒步，就知道这日薄西山的老人，实在没有精神应付那些精力过剩的文学热爱者。

他的大名像九曲十八弯的河水那样，周流了全国，喜爱他的人站满了河两岸。近来，他的身体很虚，多动动，就会出一身的虚汗，所以他大多时间躺在舒服的床上。墙的四壁是书，多年来，他一直骄傲自己畅游在书的海洋中。现在，他望着书架上那些书，一盯就是几个小时。他是极勤奋的人，从很年轻的时候就开始写作，一直笔耕不辍，至今著作等身。按说，他该为这献出了自己毕生精力的硕果自豪，可不久前，他竟觉得心虚了，心虚得甚至不敢看那些用自己心血熬炼成的书：自己在某本书上犯了逻辑错误，在某本书上说了妄言，在某本书上过于粉饰，某本书寡淡无味……是的，这些书曾给他带来很大的荣誉和利益，如今，却沉甸甸地压在他的心上，像枚赘瘤。

终于，他从那些书中拿出一本认为最不能容忍的书，从中撕下一页，用火柴点着。书的一角在火舌的舔舐下变成焦黑，又翻卷过来。他吹过去一口气，立时，灰飞烟灭。他感到一阵轻松的快意，又撕下了一张……在烧第二本书时，他忽然舍不得这么快烧完，就慢慢地一张张烧，像对待一件重要细致的工作。

接连几天，他迷上了这项工作，那些橘黄的、蓝色的火焰，一点点舔舐掉他心上的赘瘤，让他日觉轻松。

当他面对空了的书架时，心里不再发虚，他甚至希望去过去尽雕饰融入自然的农夫生活。

在他的一个崇拜者强行闯进他的家时，他忽然冒出了一个想法，决定接待不速之客。很快，客人一脸惋惜地离去。不久，他患了老年痴呆症的说法，在人们中流传着。就算他宣称不再闭门谢客，喜爱他的人也不好意思去打扰他了。

他真正清闲下来，一心打算去过农夫的生活。

他最好的朋友，慨叹他这一生才是一件真正无懈可击的艺术品。

轿夫老德

玩过轿子，老德就会放下轿子，手舞足蹈上蹿下跳，也不知跳的哪门子"野狐禅"。众人看他滑稽，往往捧腹大笑。吹手向着老德拼命吹奏……

老德在打了一个"侧空翻"后，觉得自己还可以，就捋捋胳膊，深吸口气，努力想来个"前空翻"。老德真的老了，平常玩熟的活路，今儿却摔了个大跟头。老德仰八叉摔躺在地上，额角给地上的碎砖磕出了血，血淋淋的，直淌到脖子上。围观的人先是惊叫，后见老德从容爬起，挤眉弄眼向大家扮鬼脸，就又大笑起来。

老德61岁，人长得精瘦矮小，老了老了，却做起了轿夫卖起了力气。在乡下，虽然进入了21世纪，但轿子这种古老落后的交通工具，依然有它的新用途：谁家另择宝地走坟移丧办周年，为了显排场摆阔气，往往租下一两顶轿子请送先人。届时，事主请送先人到坟上时，前面一帮吹手，中间一两顶轿子，吹吹打打，一路风光。轿子四抬，绸扎彩结，内坐一少年儿郎，抱着先人遗照，悠悠忽忽直向坟地。轿子每到大道街口及空阔处，村人围堵观看不让前行。头缠白毛巾的老德便吆喝一声，将轿杆右肩旋到左肩，左肩旋到右肩，兼之头顶、臂撑，将一乘轿子玩得忽忽闪闪险象环生，却又粘住般不脱轿杆。玩过轿子，老德就会放下轿子，手舞足蹈上蹿下跳，也不知跳的哪门子"野狐禅"。众人看他滑稽，往往捧腹大笑。吹手向着老德拼命吹奏。耍到得意之处，老德干脆玩起了"前空翻"。

其实，老德原本能漂亮地打下那个"前空翻"的。就在老德将身子竖起时，老德的眼角瞥见了小女儿兰子，兰子一脸惊诧怨怒的神色，于是老德像块石碑般"咚"地摔在地上，老德疼得几乎喘不过气来。

老德从坟上回家时，小女儿正和母亲怒冲冲地谈论他，恰好说道："真丢人，给人耍猴一样，尽出丑。"老德顿觉得再次摔倒般，震得一阵心疼，强装出一脸欢笑，几乎有点献媚的神情："大学生刚回家啊，放暑假了吧。"兰子爱理不理地哼一声。兰子娘给老德端来洗脸水，看看兰子，嗔怪老德："抬轿就只管抬轿呗，这么大岁数了，疯魔个啥。"老德嘿嘿地笑。兰子心里怨怨地想："还笑，还笑，我都替你脸红，老不持重！"整个暑假，兰子都过得不愉快。老德依然故我地干他的营生。村街里巷，甚至附近的村庄，没有人不知道老德这个搞笑人物的。兰子心里毫不留情地给老德下了两字评语：小丑！

在兰子的郁闷中，日历一张张揭去，转眼要开学了。兰子早在家里待烦了，恨不得两日并作一日过。还有两天就要开学了，晚上，兰子忽然担心家里是否凑齐了下学期的学费。兰子向父母的房间走去。在窗外，兰子听父亲老德说："我不出丑卖乖逗人笑，谁租咱家的轿子？村东的轿子比咱家扎得好多了，还不都去租人家的。兰子回家除了拿钱还是拿钱，钱是土坷垃，能到地里捡一筐回来？我舍下这张老脸拼着老骨头，4000块钱总算凑齐了，明儿你交给兰子，嘱咐她缝在内衣口袋里，路上一定带好了，丢了可就没有了。"

兰子觉得自己的脚沉重得怎么也抬不起来，就那么定定地站在屋外。

熟悉的陌生人

宁子腾明白这种没有任何进展的关系，会在某一天突然中止的。一个保洁工跟一个乘务员，毕竟不在同一个阶层……

宁子腾是个小小说作者，一个略有名气的小小说作者，可那些标榜在报纸杂志上的豆腐块文章，卖不了几个钱。宁子腾在绞尽脑汁、呕心沥血地捣鼓了几年文学后，蓦然惊觉"钱不是万能的，没有钱是万万不能的"这句话绝对是真理。于是，宁子腾弃文进城打工去了。

宁子腾打工的地儿是北京西站，也就是火车站。像宁子腾这种没有大学文凭的农村青年，到大都市打工，也只有服务行业容易进。宁子腾进的是专门给火车保洁的公司，在车厢里换卧具，就是说火车一进站，旅客下尽后，保洁员上车拆下旅客用过的小单、被套、枕套，再一一换上干净的，打扫过卫生整理好车厢后，活儿就完成了。这活儿对宁子腾来说有些儿屈才，好歹也算是个作家，不堪到竟然做保洁工了。

广播报站的声音刚停下，宁子腾保洁的那列火车就呼啸而至。站台上，宁子腾忧郁地坐在一捆干净的小单上，漠然地看着火车。宁子腾不想再干下去了，他一直想换份体面点儿的工作。

火车减速后完全停了下来，乘务员开门放客。宁子腾依旧坐着发呆。从火车上下来的旅客不多，只一会儿工夫就下完了，宁子腾听到乘务员提起脚踏板放回车厢的声音时，才回过神来，忙站起来拎着小单上车。女乘务员留着精神的短发，长得极白净，明眸皓齿的，又瘦，是南方人那种典型的白净秀气。

大概因了宁子腾那种郁郁不得志的嘴脸，确实，宁子腾的那副沉郁内敛的神情，不像一个头脑简单的打工者应有的，所以，女乘务员就多看了宁子腾两眼。

宁子腾上车后，女乘务员简略地跟他交接了一下车就下去了。一般保洁员上车后，往往在车厢内巡视一遍，看有没有旅客遗留下的可用物品，好据为己有。可宁子腾是个文化人，自然要顾虑点斯

唢呐呜咽

文什么的，怕女乘务员看低了自己，他一上车就卷地毯，没有先去巡视车厢捡漏。

宁子腾一边卷地毯，一边心想万一车厢内有什么好东西，被别人捡了去岂不可惜。宁子腾抬头看向车窗外，想看看女乘务员走远没有，免得被她看到自己贪小便宜的猥琐样。

宁子腾看向窗外的目光，正好跟女乘务员好奇地看回车窗内的目光相撞，那一瞬，宁子腾只觉心里一片空旷旷的虚白，只觉女乘务员的目光粼粼如清水漾波。过后，宁子腾心想：难道缘分就这样来了？

宁子腾再次看到那个女乘务员时，心里禁不住怦怦狂跳，几天来的臆想妄测，日渐膨大着他那颗想恋爱的心，并且一再怂恿他要主动表白。宁子腾决定利用一下自己擅长写作的特长，他字斟句酌地给女乘务员写了一封情书，大意是说他对女乘务员一见倾心只想亲近。宁子腾没有将情书直接交给女乘务员，而是等她下车走后，放进了她的乘务间里。

宁子腾计算着女乘务员当班的日期，仿佛如约而至，女乘务员随着呼啸的火车来到了六号站台，开车门放下脚踏板，站到门外放客。宁子腾紧张得都不敢靠近前去，又决不舍远离，他满脸通红地徘徊在不远处。宁子腾看到女乘务员那张白皙的脸上，流露出一种羞赧尴尬的神情，就知道她看到了自己的情书。

客人下完，女乘务员例行公事地向宁子腾交接车："水果盘少一个，垃圾袋子在乘务间，没有别的事，我就下车走了。"就这么几句公事公办毫无感情色彩的话，宁子腾竟然听得心慌气短，连应答的话都不会说了。

此后，宁子腾算准了女乘务员当班跟车的日期，一准儿等待女乘务员的出现。女乘务员见了宁子腾，往往会泛泛地问一句："今儿做这车啊？"宁子腾一次十分明白地说："我是特意过来看你的。"

后来，宁子腾开始给女乘务员送些吃的东西，大多是从车上捡的没破口零食。女乘务员倒也坦然接受，可并不因此对宁子腾特别热情些，再见面后依旧淡淡地打招呼，泛泛地聊几句。

如此这样过了几个月，宁子腾跟女乘务员的关系，没有感情上的更进一步，两个人就像熟悉的陌生人。宁子腾仅仅知道女乘务员叫小娅和手机号，其他情况一概不知，也不想多问。小娅甚至没有问过宁子腾的名字。宁子腾感到小娅不想跟他交朋友，尤其是男女朋友，但宁子腾老是身不由己地去看小娅。宁子腾明白这种没有任何进展的关系，会在某一天突然中止的。一个保洁工跟一个乘务员，毕竟不在同一个阶层。

小娅有一次对宁子腾说："你这样坚持来看我，活得累不累？"说过这话后，小娅再当班跟车时，就不在终点站出车厢放客了，而是由她的对班放客，刻意避开见到宁子腾。

宁子腾明白，这是小娅摆明了要跟他撇清尴尬关系。宁子腾终究有些不死心，就打小娅的手机号，小娅拒接。宁子腾怔怔地盯着手机，眼圈渐渐红起来。不知过了多久，宁子腾的心里突然轻松起来，原来他也想了结这无望又累人的关系。

宁子腾甚至在心里编好一句话，如果以后不期然再见到小娅，他要跟小娅说："认识你八九个月，在你我的心里，彼此不过是一个熟悉的陌生人。"

小男孩

王淑和一个人坐在办公室里，通过敞开着的窗户，耐心地看着小男孩。天渐黄昏，小男孩还在那里荡着秋千，白白的脸色，并不因为天色已暗而模糊不清……

上林镇小学的王淑和校长，几次发现下午放学后，空旷旷的校园内，老有一个六七岁的男孩迟迟不走，一个人东摸摸西看看地玩着，甚至天黑下来也能看到他的身影。这样的情况发生了几次后，王淑和深感奇怪，谁家的孩子这么贪玩，也没见家长来找过一回。看年纪小男孩像一年级的小学生，可王淑和对这个孩子没有一点印象。上林镇小学有两个一年级，每班二十多个学生，王淑和都认识，偏这个小男孩像凭空多出来的。远远看去，小男孩圆头大眼，面色很白，要接近他却不容易，每当王淑和想走近问问他时，他一看王淑和有意过来，就机警地避开。王淑和为此还特意询问过一年级的两个班主任，他们都说自己班里，没有这么贪玩不回家的学生。

王淑和越发留心这个有些怪异的小男孩。小男孩不总是一个人玩，有时也和低年级的小学生玩，尤其在下午放学后，总有一些小学生滞留在校园里玩一会儿，小男孩就加入他们中间玩，最后往往是旁的小学生都走光了，就剩下小男孩一人。王淑和问和小男孩玩过的小学生，认识那个小男孩吗？都说不认识。王淑和更奇怪了，决定跟踪那个小男孩，看看他是谁家的孩子。

有一天下午放学后，孩子们逐渐走光了，操场上就剩下那个小男孩，他还在荡秋千，小小的身子轻飘飘的，好像能随时飏到一个不可知的地方。王淑和一个人坐在办公室里，通过敞开着的窗户，耐心地看着小男孩。天渐黄昏，小男孩还在那里荡着秋千，白白的脸色，并不因为天色已暗而模糊不清。

就在王淑和失去耐心，决定出去捉住这个小男孩问个明白时，小男孩从秋千上下来，恋恋不舍地走出校园，王淑和立即尾随跟去。令王淑和更奇怪的是，小男孩不往镇子里走，而是走出镇子，穿过一片树林，往东南方向一处野草丛生的荒地走去。天色越来越暗，王淑和前面那个小小的身影，走着走着就没有了。王淑和环顾一下荒地，只见荒地里有一座小小的坟包，此外再没有旁的能蔽身的东西。王淑和不由一阵惊骇，急忙折身回走。

第二天，王淑和将昨天黄昏的奇遇，讲给学校的老师听，有个老师说镇上的周发家，前些天死了一个六岁的男孩子，得白血病死的，就埋在镇东南的一块荒地里。老师们虽然不大相信王淑和的奇遇，但想到王淑和为人稳重慎言，不是喜欢开玩笑讲无稽之谈的人，这事就众口纷论信疑参半地传播了出去，一时传得沸沸扬扬满镇皆知。

周发夫妻听到这个传言，急忙跑到学校，向王淑和询问具体情况。周发夫妻依然沉浸在失去孩子的巨大痛苦中。尤其是周发的妻子，听了王淑和的讲述后，几乎哭倒在地："我的孩子在那荒地里一个人孤寂啊，这才来学校玩。我睡到半夜，老听到孩子站在院子里喊爸爸妈妈，我就一次次起来出去看，可哪里有他啊！"周发夫妻一定要留下来，看那个小男孩是不是他们的孩子。

下午放学后，孩子们几乎都走完了，还有几个低年级的小孩子在操场上玩跳方，王淑和从办公室的窗户里，再次看到那个脸色苍白的小男孩也在玩，就急忙指给周发夫妻看。周发的妻子，一看见那个小男孩，就哭喊着跑出去："我的孩子，想死妈妈了！"她发疯地跑过去，将一个孩子紧紧地抱住。那几个跳方的孩子吓坏了，给她抱住的孩子大哭起来。王淑和跑过去一看，急忙说："错了，他是我们学校的，不是我看见的那个小男孩。"周发的妻子也看清了不是她的孩子，仍然抱着那个孩子大哭："明明看着是我的孩子，咋突然就不见了？"

此后，王淑和再没有在学校里，看到那个面色苍白的小男孩，有时王淑和也怀疑是她的视觉出了问题。

谒　祖

前殿在夕照下庄严肃穆金碧辉煌，贝奇的双脚，仿佛被钉在大殿前壮美的丹陛下，仰望着大气磅礴神秘憾人的前殿，心头百感交集……

故宫博物院东侧的北京市劳动人民文化宫，原为皇室太庙，是明清两代封建皇帝祭祖的地方。这天下午，眼看太庙关门的时间到了，还有游客从南门买票进入。那是个长相清瘦虚白的中年男子，买了门票，才要从检票口入内，一个头发花白的老太太，无票无据地要闯过检票口，受阻后生气地说："太庙是我家的，凭什么不让我进？"老太太六十多岁，不像脑子有问题的人，见中年男子惊疑地看她，转求中年男子："他们不让我进去，你带我进去吧。"

中年男子又买了一张门票递给老太太，检票员只好让她进去，对中年男子苦笑说："这老太太时不时来嚷嚷一场，也不知真神经还是假神经。北京城的前清皇室后裔，隔三岔五就会蹦出一个到处张扬，真假难辨啊。"

老太太一进入园内，就直奔前殿，中年男子紧跟着："您怎么说太庙是您家的？"老太太头也不回："故宫都是我家的，太庙能不是我家的？"中年男子更觉惊奇："您老人家贵姓大名？哪支几世？"老太太的语气明显得意了："我知道你想问我是不是爱新觉罗家的后裔，毫不含糊地告诉你，我还真是。我爷爷曾亲口告诉我雍正是我家的祖先，我叫爱新觉罗·云芳，你叫什么名字？"中年男子说："贝奇。"

前殿在夕照下庄严肃穆金碧辉煌，贝奇的双脚，仿佛被钉在大殿前壮美的丹陛下，仰望着大气磅礴神秘憾人的前殿，心头百感交集。和贝奇并肩的云芳，也以同种姿势僵站着。

"关门了，赶快出去了。"工作人员的净园声传过来。贝奇扭头看工作人员把两扇大红门都关上了，有点儿着忙。云芳声音沙哑，但话说得斩钉截铁："跟我走！"贝奇鬼差神使地跟着云芳，避开工作人员的视线，藏身在前殿汉白玉须弥座的角落里。

贝奇背靠着凉森森的汉白玉石坐下，不安地问蜷缩在他身边的云芳："咱们要潜伏在这里吗？"云芳毫不在意地干笑一声："好不容易进来了，还没有看呢，哪能就走。"贝奇越想越怕："要是被发现了当贼抓，这事就大了，我们家族的人个个老实本份，我决不当贼。"云芳轻蔑地看着贝奇："我堂堂皇室后裔带你去做贼，可能吗？我不是第一次在这里面夜游，凭我的身分，第二天开门，工作人员还得恭送我出去呢。"贝奇懊丧之下又有点儿哭笑不得，看来这个自称皇室后裔的人，十有八九是个神经病。

天色越来越暗，大门早关死了，前殿的院子里寂寥中透着神秘。贝奇也不打算出去了，他觉得冥冥中安排成这样，正好一了夙愿。

大概又过了一个小时，云芳站起来："安全了，出去吧。"两人踩着汉白玉石阶走上大殿。大殿门窗紧闭，云芳叹口气："白来了。"贝奇拿出手机，打开手电功能，想从门缝里看见点什么东西，竟然看见大门没有上锁。云芳露出不可思议的表情："今晚这享殿是特意给咱俩开放的？"

两人推门而进，大殿幽深阔大，正面摆设着金漆雕龙雕凤帝后宝座和香案，一根根巨大的金丝楠木柱，贵重无比地傲立殿间。云芳指着帝后宝座说："先前每逢大的祭祀活动，才把祖先的牌位，从中后殿的神龛内请到这儿的宝座上祭祀，祭祀完再送回寝殿去，平日这儿不供奉牌位。"

两人在大殿里巡看一周，走出去时，云芳不忘把大殿门关上。那个夜晚真是奇怪极了，所有的古建筑都没有上锁，只要云芳和贝奇想进去，门就会被轻易地推开。

还站在中殿的丹陛下时，贝奇就从包里拿出一把香，用打火机点燃，分一半给云芳。云芳接过香："是不是早就预谋着这样的晚上？"贝奇神情恍惚地笑笑："人力办不到的事，靠天地巧合吧。"

寝殿的门一推开，月光瞬时洒满了整个寝殿内，好像窗户全部是开着的。一个个隔间内，闹幔半控衾枕整齐，牌位安放床上。

贝奇虚白的脸上，浮出迷幻的神情，举香过顶罗圈揖遍，然后冲着中间的牌位深深地跪下，很长时间没有起来。云芳在每个牌位前放下一支香，边放边念叨："都是正主儿，享过无上荣华富贵，可时代不同了，就香烟从简吧，这也是没有办法的事。"放完香，云芳见贝奇还趴跪在地上，不由奇怪起来，"我说你这么虔诚，难道这里面是你家老祖宗？"贝奇没有说话，把香散摊地上，站起身迷怔着脸，照直走出了寝殿。

贝奇一走出寝殿，寝殿内的月光顿时黯淡下去，只能勉强看见一个个隔间内闹幔的轮廓。闹幔内微有异响，仿佛有人在喁喁私语，又仿佛枕衾窸窣。云芳骇得汗毛上竖，趴到地上胡乱磕个头后跑出寝殿。一直到了院子中央，云芳才压低声音问贝奇："刚才在里面你听到什么动静没有？"贝奇摇摇头。云芳怕怕地说："祖宗说话了，可惜我一句也没听清楚。"

游完古建筑，到琉璃门想出去时，两人发现今晚的幸运到此结束了，门打不开。云芳烦躁起来，冲着琉璃门狂拍乱打："开门，开门，我要出去。"贝奇吓了一跳："你闹这么大响儿，怕他们不知道我们在里面？"云芳的情绪失控了："里面吓人啊，你看看，咱俩后面就有好几个人跟着呢。"贝奇心想这云芳还真是个疯子。

拍门声和叫喊声，终于惊动了琉璃门外值夜的主任，都深夜十二点了，里面竟然有人拍门哭叫着要出来。主任不敢大意，集合了七八个人过来。琉璃门一打开，外面的人都感觉到了一种震慑人心的强大气场扑面而来，琉璃门内影影绰绰好像站着十来个人。主任战战兢兢地用手电筒照过去，仅看见一男一女，男的清瘦虚白惶恐不安，女的满脸怒气情绪躁乱。

拘留、联审、调阅档案、回放监控，太庙安保科和地方派出所，一直折腾到天亮，幸好现在通讯发达，终于弄明白了贝奇和云芳的基本情况。云芳是北京人，患有轻微精神病，据说是爱新觉罗皇室后裔，但没有能证明她高贵身世的东西。贝奇却大有来历，竟然是康熙的九世孙，大名爱新觉罗·贝奇，出生后一直居住在沈阳，也只是一个小小的公务员。昨天贝奇出差到了北京，特意来太庙转转，也有拜拜祖先的意思。昨晚上的监控显示，云英和贝奇出入各大殿畅行无阻，事后，工作人员点检太庙内有没有失窃物件时，殿门都好好地锁着，一般人根本进不去，云芳和贝奇也说不清楚。

云芳是精神病患者，贝奇身份特殊，两个人又没有偷窃行为，所以很快就被释放了。

火焰驹

点烧纸马，火越烧越大，在火焰最盛时，就见一匹赤红色的大马腾空而去，那一刻，所有在场的人都不由自主地惊叫一声："火焰驹！"……

小城是座历史文化名城，兴盛于宋朝，经过千余年的风雨，几经兴衰，如今像个饱经沧桑的老人，微笑中带着些许无奈。小城的东西南北有四座古老的城门，那幽深的拱券式城门过道里，灰蓝的大砖早已被岁月销蚀斑驳得伤痕累累。

小城的南城门一带，是繁华中带点狭窄的商业街，青石路面的两侧是林立的商铺，还有许多热气腾腾的早点摊位，卖馄饨的，卖火烧的，卖包子、油条的，往往早饭时间一到，半条街都罩在令人食指大动的香气中。这浓浓的人间烟火气息，却让开纸扎铺子的驹子刘有种前世今生接连在一起的通透感。

驹子刘的纸扎铺子就在南城门的城墙根下，铺面不显眼地向内退缩着，门楣上挂着一个精致的小花圈，里面摆的挂的，尽是给人定做下的纸扎：人物、器具、车马，等等，花花绿绿活灵活现。驹子刘是做丧葬用品的，极善扎纸马，人送外号驹子刘，真名反而给人遗忘了。小城至今依然盛行人死后烧纸扎的习俗，烧纸扎必少不了驾车的马。驹子刘扎糊的纸马，虽然是以高粱秆、竹篾为骨架彩纸饰外，看起来简单，可扎出的马长鬃披拂美目斜飞，极是神俊，若不是犯忌禁，想来会有很多人愿意放在家里当工艺品欣赏的。

驹子刘已经七十多岁了，几乎在这城墙根下做了一辈子纸扎，手艺是祖传的。他做着纸扎，送走了小城里一个又一个老人，只有他知道小城里的哪些人又走了，乘坐什么走的。

驹子刘近来显得很忙碌，终日忙着扎纸马，好像接了一宗大活。以往人们定做纸扎，都是车马配套，而驹子刘眼下只扎纸马，红马、白马、黑马，一匹匹迎风长嘶昂首奋蹄，很是剽悍灵动。驹子刘好像要把毕生扎纸马的绝活来个大汇展。

小城里刮了几场寒风后，有天夜里下了一场薄雪，第二天早上，小城里的人们惊异地发现南城门的城楼上站满了雪白、黑亮、火红的大马，一匹匹神采飞扬，几要腾空而去。更令小城里的人们惊诧的是须发皆白的驹子刘，面带微笑神态安详地端坐在群马后面的一把圈椅里。这消息立时传遍了小城，南城门下很快挤满了观看这一奇景的人们。一生默默无闻的驹子刘，终于给自己大大地张扬了一回。

驹子刘无儿无女，孤寡一人。小城里的人们想到驹子刘活着时的好处，纷纷称赞他为人厚道手艺精湛，恐怕此后小城里再不会有他这样善扎纸马的人物了。小城里的人们这时都不约而同地把驹子刘看成了一个人物。

小城里的人们决定把驹子刘公葬了。公葬的前一夜，小城里的人们依俗给驹子刘烧纸扎，他们动用了一辆大卡车，才把城楼上的纸马拉到城外的一个开阔地儿，纸马几乎堆成了小山。点烧纸马，火越烧越大，在火焰最盛时，就见一匹赤红色的大马腾空而去，那一刻，所有在场的人都不由自主地惊叫一声："火焰驹！"

此后，小城里的人们在茶余饭后摆龙门阵时，都会说上一句："原来驹子刘就是火焰驹啊。"

回　家

八奶每天把自己收拾得很整齐，样子就像走亲戚。小小问八奶："你穿这么新要干什么去？"八奶告诉小小："我穿这么新是准备回家的。"……

　　天气越来越冷了，八奶不再出门了，她整天守着红通通的火炉子，在暖洋洋的屋里一坐就是半天，一个人出神地想些什么，有时会现出满脸的笑容，灿烂得像盛开的黄菊花。

　　八奶最小的重孙子小小，在冬天里穿得圆通通的，像只可爱的小胖熊。小小喜欢在八奶的屋里玩，因为八奶屋里有许多好吃的，那都是八奶的儿孙孝敬八奶的，八奶让小小随意吃。八奶已经很老了，满口里没有一颗牙。

　　有次小小看到八奶笑，就问八奶："老奶奶笑什么呢？"八奶回答小小说："想到就要回家了，高兴呢。"小小奇怪："这不是你家吗？"八奶说："我要回我爹娘那儿去了，那儿还有你老爷爷。"小小就更奇怪了："那个家在哪儿呢？我能跟你去看看吗？"八奶说："那个地方只有很老很老的人才能去，去了就不能回来了。"小小问："你家里的人都什么模样？"八奶说："我爹长得很壮实，浓眉大眼，能扛起二百多斤的大麻袋。我娘瘦高，细眉长目的，手很巧，绣出的蛐蛐像真的。"小小想想："那我老爷爷什么样呢？"八奶眼里就又流露出了笑意："白净净的，说话从不骂人，又识文断字，那时村里人写信都找他代笔。"小小："他们有照片吗？"八奶摇头："他们都没有留下一张照片。"小小："他们在哪儿呢？"八奶说："他们都在太阳照不到的地方，所以我们看不到他们。"小小："你想他们吗？"八奶笑笑："我老在想他们，也许过不了这个冬天，我就能见到他们了。"

　　八奶每天把自己收拾得很整齐，样子就像走亲戚。小小问八奶："你穿这么新要干什么去？"八奶告诉小小："我穿这么新是准备回家的。"

　　天阴冷了几天，终于下了一场大雪。八奶是在下大雪的那个晚上走的。八奶的儿子发现八奶穿得整整齐齐地躺在被窝里，面带微笑。

大人悲伤地说："老奶奶死了。"

小小说："不是，老奶奶回她家去了。"

择 婿

腾意如让那人给腾厚载捎回去一封信，大意是说腾厚载降清是她意料中的事，她既然阻止不了大势所趋，那就独善自身好了，父女缘分已尽，就不要再来找她了……

腾厚载是明朝末年的大同总兵，他有个女儿叫腾意如，长得聪慧俊美，正值适婚年龄。大同城内的富商官宦，纷纷向腾家求婚，但统统不入腾意如眼界。腾意如这样挑剔，连腾厚载到后来也不耐烦了，训斥腾意如说："差不多就行了，你当自己是皇帝女儿啊。"腾意如却说："外夷入侵，明朝大厦将倾，这时择婿只求保命，富贵倒是祸根，我躲避还来不及，哪会送上门去。我看柴市街上的王项，是个合适人选。"腾厚载听了很生气："一派胡言。"

王项靠卖柴为生，虽然长得豹肩蜂腰双目犀利，终究是个出苦力的下人，腾厚载哪肯让女儿嫁给一个穷光蛋。

腾意如看说不通父亲，干脆亲自去找王项。那天，王项正在柴市街上卖柴，一个穿粗布衣裳的女子，径直走到他的面前说："腾知府的女儿看中了你，可腾知府不同意，你要是不想辜负人家，就带她远走高飞。"王项听得热血沸腾："士为知己者死，何况美人眷顾，我要怎样才能带她走？"女子说："明天这个时间，你收拾好了东西在这儿等着，她来了就带她出城，随便去什么地方。"

第二天，王项带了紧要的东西，在柴市街上等着。过了一会儿，前天那个穿粗布衣裳的女子来了，见了王项说："走吧。"王项还在东张西望："我要等的人还没有来呢。"女子说："我就是。"王项惊奇地盯着女子："你果真是个不同寻常的女子，难怪街坊间流行'娶妻当娶腾意如'的话。"

就这样，腾意如跟着王项出了大同城，没有人知道他们去了哪儿。

第二年，清军入关，明朝有许多文官武将陆续降清，大同知府腾厚载，见清军来势汹汹，吓得不等交战，就打开城门投降了。清军进城后，大肆劫掠，城内凡有资产的，尤其是富商官宦人家，稍有匿财不交的，均被拿去严刑拷打，打死打残的不计其数。

腾厚载降清后，官运反倒亨通了，两年后做到山西总督。腾厚载的变节投敌，让当时的仁人志士不齿。腾厚载想起了女儿腾意如，觉得应该找来同他一块儿享受荣华富贵。

腾厚载行文地方，大力查找女儿腾意如的下落。还真有人在一个偏僻的小山村里，见到了腾意如和王项。腾意如让那人给腾厚载捎回去一封信，大意是说腾厚载降清是她意料中的事，她既然阻止不了大势所趋，那就独善自身好了，父女缘分已尽，就不要再来找她了。

腾厚载不甘心，派人再去找，那个小山村里，哪里还有腾意如和王项的影子。